차의 책

일러두기
* 모든 각주는 옮긴이의 주입니다.

차의 책

오카쿠라 텐신 지음

오오카와 야스히로 사진

박선정 옮김

시그마북스
Sigma Books

차의 책

발행일 2022년 1월 3일 초판 1쇄 발행
지은이 오카쿠라 텐신
사진 오오카와 야스히로
옮긴이 박선정
발행인 강학경
발행처 시그마북스
마케팅 정제용
에디터 최윤정, 장민정, 최연정
디자인 김문배, 강경희

등록번호 제10-965호
주소 서울특별시 영등포구 양평로 22길 21 선유도코오롱디지털타워 A402호
전자우편 sigmabooks@spress.co.kr
홈페이지 http://www.sigmabooks.co.kr
전화 (02) 2062-5288~9
팩시밀리 (02) 323-4197
ISBN 979-11-91307-97-9 (03830)

PIE International

Published in Japan by PIE International Under the title 茶の本 (*The book of Tea*)
ⓒ 2020 Yasuhiro Okawa / Taimu Tanimura / PIE International
Japanese Edition Creative Staff
著者 岡倉覺三
訳者 村岡博
写真 大川裕弘
企画・構成 谷村鯛夢 (編集工房・鯛夢)
デザイン 淡海季史子
制作進行 諸隈宏明

Korean translation rights arranged through AMO Agency, Korea

All rights reserved. No part of this publication may be reproduced in any form or by any means, graphic, electronic or mechanical, including photocopying and recording by an information storage and retrieval system, without permission in writing from the publisher.

이 책의 한국어판 저작권은 AMO에이전시를 통해 저작권자와 독점 계약한 **시그마북스**에 있습니다.
저작권법에 의해 한국 내에서 보호를 받는 저작물이므로 무단 전재와 무단 복제를 금합니다.

파본은 구매하신 서점에서 교환해드립니다.

* **시그마북스**는 (주)**시그마프레스**의 자매회사로 일반 단행본 전문 출판사입니다.

차례

제1장　인생이 담긴 잔　12

제2장　차의 유파　46

제3장　도교와 선　86

제4장　다실　128

제5장　예술 감상　178

제6장　꽃　210

제7장　차의 장인　244

아름다움과 벗하며
살아간 사람만이
아름답게 죽을 수 있다.

이 책에 관하여

타니무라 타이무
谷村鯛夢: 하이쿠 시인, 출판 프로듀서

이 책의 저자인 오카쿠라 텐신은 1888년에 설립된 도쿄미술학교의 초대교장을 지내고, 1898년 일본미술원을 창시한 일본 근대미술에 큰 영향을 끼친 학자이자 미술비평가다.『차의 책』은 저자가 보스턴 미술관 동양부 부장으로 근무하던 1906년에 영문으로 집필한 평론으로, 원제는『The Book Of Tea』다. 기독교 문화 중심의 서구 사회에 비기독교적 동양 문화의 우수함을 널리 알림과 동시에 동서양의 상호 이해를 바탕으로 세계 평화를 기원하는 '미학의 고전'으로 여겨지고 있다. 제목은『차의 책』이지만 차 마시는 방법 등을 설명한 책이 아니라, 다도와 선, 도교, 꽃꽂이 등과 관계를 폭넓게 다루며 일본인의 미의식과 문화관을 서양인들에게 알리고자 했으며, 서양인들뿐만 아니라 일본인들에게도 '아름다움에 대한 근원', '예술의 본질', '인생의 본질적 의미' 등에 관한 깨달음을 준다. 독자들도 사진작가 오오카와 야스히로의 사진과 함께 오카쿠라 텐신의 세계관을 느껴보기 바란다.

다도란 일상에 존재하는 사소한 것들에서
아름다움을 발견하고자 하는
일종의 의식으로,
이를 통해 순수와 조화,
베풂의 신비, 사회 질서의 낭만 등을
깨달을 수 있다.

제 1 장 인생이 담긴 잔

차는 처음에는 약으로 사용되었으나 점차 음료로 변하게 되었다. 8세기 중국에서는 격식 있는 놀이문화 중 하나로 정착되어 시처럼 향유되었고, 15세기 일본에서는 한 차원 더 높은 일종의 심미적 종교, 즉 다도로 발전하게 되었다. 다도란 일상에 존재하는 사소한 것들에서 아름다움을 발견하고자 하는 일종의 의식으로, 이를 통해 순수와 조화, 베풂의 신비, 사회 질서의 낭만 등을 깨달을 수 있다. 다도는 본질적으로 불완전함에 대한 숭배이며, 고난과 불가능의 연속인 인간의 삶 속에서 가능한 무언가를 성취하려는 작은 노력이다.

다도는 사람들이 흔히 말하는 심미주의 철학을 넘어서서 인간과 자연에 관한 모든 윤리적, 종교적 의미를 내포하고 있다. 청결을 강조한다는 점에서는 위생학으로 볼 수도 있고, 복잡하고 사치스러운 것보다 단순하고 편안한 것을 추구한다는 관점에서는 경제학으로 볼 수도 있다. 또한, 우주와 인간의 존재에 대한 균형과 조화를 일깨우는 도덕적 기하학이라 부를 수도 있고, 차를 마시는 모든 사람을 고상한 취미를 가진 귀족으로 만들어 준다는 점에서 보면 동양 민주주의의 참모습을 드러낸다고 할 수도 있다.

일본이 세계 다른 나라로부터 고립되어 있었던 오랜 시간은 내면에 대한 성찰과 다도를 발전시키는 데 많은 도움이 되었다. 일본의 집과 관습, 의복과 음식, 도자기, 칠공예, 그림은 물론 문학에 이르기까지 모든 것이 다도의 영향을 받았다. 일본 문화를 연구하는 사람이라면 그 누구도 다도의 영향을 무시할 수는 없다. 다도는 귀족의 격조 높은 내실과 서민의 초라한 집을 가리지 않고 곳곳에 스며들었다. 농부들도 꽃꽂이를 즐겼고 신분이 가장 천한 일꾼들조차 바위와 물에 경의를 바쳤다. 일본에서는 진지하지만 우습기도 한 상황을 잘 이해하지 못하는 사람에게 흔히 '차의 기운이 없다'라고 말하며, 반대로 일상적인 슬픔에 둔감하거나 지나치게 자신의 감정대로 자유롭게 행동하는 사람에게는 '차의 기운이 지나치다'라는 비난의 표현을 사용하기도 한다.

  차를 잘 알지 못하는 사람의 눈에는 별것도 아닌데 이렇게 요란을 떠는 것이 이상하게 보일지도 모르겠다. "겨우 차 한 잔에 별의별 의미를 다 갖다 붙이는군!"이라고 말할 수도 있다.

  하지만 한번 생각해보길 바란다. 인간이 누리는 기쁨이라는 잔이 얼마나 작은지, 그 작은 잔이 얼마나 쉽게 눈물로 넘쳐흐르는지. 무한함을 갈망하는 끝없는 갈증으로 인해 인간은 얼마나 빨리 그 잔을 비워버리는지. 그렇기에 우리는 차에 대한 찬양이 아무리 지나친들 비난할 수 없다.

  인간은 이보다 더 나쁜 짓을 일삼는다. 술의 신 바쿠스를 숭배해 아낌없이 자신의 소유물을 바치기도 하고, 전쟁의 신 마르스의 피비린내 나는 모습까지도 미화시켰다. 그런데 차의 여왕

카멜리아*를 찬양하며 그 제단에서 흘러내리는 따뜻한 동정의 물줄기를 마음껏 즐기지 못할 이유는 없지 않을까? 이러한 사실을 깨달은 사람은 상아색 잔 속에서 보석처럼 빛나는 차 한 잔을 통해 공자의 달콤한 침묵, 노자의 짜릿한 자극, 석가모니의 영묘한 향기를 느낄 수 있게 된다.

자신의 위대함이 얼마나 하찮은 것인지 알지 못하는 사람은 상대방의 하찮음이 얼마나 위대한지도 쉽게 잊어버린다. 대개의 서양인은 다례를 기이하고 유치한 동양의 의식 중 하나일 뿐이라며 속으로 비웃을 것이다. 서양인들은 이 평화롭고 온화한 예술에 심취해 있던 일본을 야만스러운 미개인의 나라로 여겨왔다. 그러나 만주의 전쟁터에서 대규모 학살을 자행한 이후에는 문명화된 나라로 간주하기 시작했다. 최근에는 국가를 위해 자신의 목숨을 기꺼이 바친 무사도에 관한 관심이 늘어나고 죽음의 예술이라며 높이 평가하고 있지만, 삶에 대한 다양한 예술의

---

* 카멜리아(Camellia): 농백나무. 차나무는 농백나무에 속하며, 학명은 카멜리아 시넨시스(Camellia sinensis)다.

다도는 본질적으로
불완전함에 대한 숭배이며,
고난과 불가능의 연속인
인간의 삶 속에서
가능한 무언가를 성취하려는
작은 노력이다.

일본의 집과 관습, 의복과 음식, 도자기,
칠공예, 그림은 물론 문학에 이르기까지
모든 것이 다도의 영향을 받았다.
일본 문화를 연구하는 사람이라면
그 누구도 다도의 영향을 무시할 수는 없다.
다도는 귀족의 격조 높은 내실과
서민의 초라한 집을 가리지 않고
곳곳에 스며들었다.
농부들도 꽃꽂이를 즐겼고
신분이 가장 천한 일꾼들조차
바위와 물에 경의를 바쳤다.

집합체인 다도에는 그다지 관심을 기울이지 않는다. 만약 피비린내 나는 전쟁의 영광으로만 문명국으로 인정받을 수 있다면, 언제까지나 야만인의 나라로 남는 편이 나을 것이다. 우리는 우리의 예술과 이상이 정당한 존중을 받을 때까지 기꺼이 기다릴 것이다.

서양은 언제 동양을 이해할 것인가? 아니, 언제쯤 이해하려 노력할 것인가? 우리는 그들이 동양인들에 관해 만들어놓은 터무니없는 사실과 기묘한 상상에 종종 소스라치게 놀란다. 동양인들은 쥐나 바퀴벌레를 먹고 살거나, 아니면 연꽃의 향기를 마시며 사는 것처럼 묘사되기도 한다. 이는 실체 없는 망상이거나 비열한 욕망의 투영이다. 인도의 영성을 무지라 비하하고, 중국의 신중함을 어리석음이라 조롱하며, 일본의 애국심을 운명론의 결과라고 폄훼한다. 심지어 동양인은 신경조직이 둔해서 상처나 고통을 잘 느끼지 못한다고 말하는 이도 있다.

동양인에 대한 무지와 조롱은 그들에게 고스란히 되돌아갈 수도 있다. 우리가 그들에 관해 상상했던 것들을 그들이 모두 알게 된다면 그들 또한 경악을 금치 못할 것이기 때문이다. 미지의 세계를 향한 동경과 경이로움에 대한 무의식적 찬사, 새로움과 불명확한 것에 대한 조용한 분노가 모두 거기에 있다. 그들은 지나치게 세련되고, 비난할 수조차 없는 죄를 범했다. 과거 일본의 지혜로운 문인들의 기록에 따르면 그들은 옷 속 어딘가 보이지 않는 곳에 털이 수북한 꼬리를 숨기고 종종 갓 태어난 아기로 요리를 해 먹는다고 했다. 물론 우리는 그들에 관해 더 끔찍한 이야기들도 알고 있다. 서양인들은 지구상에서 가장 말과 행동이 일치하지 않는 사람들이라는 사실이다. 그들은 절대 행하지 않는 것들을 입으로만 떠들기 때문이다.

  그러나 이와 같은 우리의 오해들은 빠르게 사라지고 있다. 상업이 발달하면서 유럽의 언어가 동양의 항구들을 통해 들어와 널리 퍼지고 있기 때문이다. 아시아의 청년들은 현대적인 교육을 받기 위해 떼를 지어 서구의 대학으로 몰려가고 있다. 우리는 아직 그들의 문화를 깊이 있게 이해하지는 못하지만, 적어도 기꺼이 배우고자 노력하고 있다. 그중에는 옷깃을 빳빳하게 다려 입고 높은 비단 모자를 쓰는 것이 서구 문화의 전부인 것처럼 관습이나 예절을 지나치게 받아들이는 사람도 없지 않다. 그렇게 겉모습에만 치중하며 서양 문화를 좇아가고자 무릎을 꿇고 머리를 조아리는 모습은 안타깝고 통탄할 노릇이다.

불행하게도 서양인들의 태도는 동양을 이해하려는 모습이라 보기 어렵다. 기독교 선교사들은 자신들의 말을 전하려고만 할 뿐 받아들이려고 하지는 않는다. 그들이 말하는 지식은 지나가는 여행객이 들려주는 믿기 어려운 이야기거나 우리 문학의 깊이를 표현하기에는 너무나도 빈약한 번역에 기초한 것일 뿐이다. 라프카디오 헌의 정의롭고 의로운 글이나, 니베디타 수녀의 『인도인의 삶의 짜임(The Web of Indian Life)』과 같이 동양적 감수성으로 어둠을 밝게 밝히는 경우는 찾아보기 힘들다.

이렇게 직설적인 말을 서슴없이 함으로써 나는 아마도 다도에 관한 나의 무지를 드러내고 있는지 모른다. 말을 할 때는 꼭 필요한 말만 하고 상대방이 듣기에 지나침이 없도록 하는 것이 다도의 이상향이다. 하지만 나는 훌륭한 다인(茶人)의 대표가 될 생각은 없다. 그저 서로에 대한 이해가 부족해 발생하는 신세계와 구세계의 충돌과 이로 인한 심각한 피해를 막는 데 내가 조금이라도 도움이 된다면 기꺼이 부끄러움도 감수하겠다는 생각뿐이다. 20세기 초 러시아가 조금만 더 몸을 낮추고 일본을 이해하려는 모습을 보였다면 피비린내 나는 전쟁은 피할 수 있었을지도 모른다. 동양의 문제들을 업신여기고 무시해 인류는 얼마나 참혹한 결과를 맞이했던가! 황색 인종이 해를 가져온다는 얼토당토않은 말을 서슴없이 하던 유럽의 제국주의 국가들은 동양인들 역시 백인이 가져올 잔혹한 재난에 대해 깨닫게 될 것이라는 사실은 알지 못하고 있다. 그들은 우리를 '차의 기운이 지나치다'라며 비웃을지도 모르지만, 우리 역시 서양인들은 체질적으로 '차의 기운이 없다'라고 여기지 않겠는가?

  이제 서로를 향한 비난의 화살을 거두자. 동양과 서양, 서로 다른 둘이 만나 더욱더 지혜로워지지 못한다면 이 얼마나 슬픈 일인가! 서로 다른 방향으로 발전해온 동서양이 서로 상호 보완해주지 못할 이유는 없다. 그들은 멈출 줄 모르고 끊임없이 팽

창하며 발전해왔고, 우리가 창조한 조화는 그들의 침략에 맞서기에는 너무나도 유약했다. 어떤 면에서는 동양이 서양보다 낫다는 사실을 그들이 인정할 수 있을까?

신기하게도 이렇게 서로 다른 동서양이 찻잔 속에서는 서로 만나 발전을 이어왔다. 다도야말로 인류가 보편적으로 존중하는 아시아의 유일한 의례라 할 수 있다. 서양인들은 동양의 종교와 도덕을 비웃었지만, 홍차는 주저 없이 받아들였다. 오후에 마시는 차 한 잔은 이제 서구 사회에서 중요한 역할을 담당하고 있다. 쟁반과 찻잔 받침이 부딪치는 달가닥 소리, 차를 내오는 친절한 여인의 스치는 옷깃에서 나는 가벼운 바스락거림, 크림이나 설탕을 권하거나 사양하는 의례적인 대화 등에서 의심할 여지 없이 그들에게 차에 대한 숭배가 확립되어 있음을 알게 된다. 주인이 차를 우리는 동안, 우려진 차가 어떤 맛일지 알지 못한 채 기다리는 손님은 그 과정에서 운명에 순응하는 법을 배우게 되는데, 이것이야말로 동양 정신의 진수라 할 수 있다.

유럽에서 차에 관한 가장 오래된 기록은 아라비아 여행자의 기행문 속에서 등장하는데, 879년 이후 중국 광둥 지역의 주요 수입원이 소금과 차에 부과된 세금이었다는 기록이다. 또한, 마르코폴로는 1284년에 중국의 재정 담당 관리가 차에 대한 세금을 임의로 올렸다는 이유로 면직된 사실을 기록하기도 했다. 유럽인들이 극동에 관해 더욱 많이 알게 된 것은 위대한 발견의 시기였다. 16세기 말 네덜란드인들은 동양에서 나뭇잎으로 상쾌한 음료를 만든다는 사실을 유럽에 알렸다. 조반니 바티스타 라무시오(1559), 루이 드 알메이다(1576), 마훼노(1588), 타레이라(1610) 등의 여행가들 역시 차에 관한 기록을 남겼다. 1610년에 네덜란드 동인도회사의 배들이 처음으로 차를 유럽에 전했고, 그 이후 1636년에는 프랑스, 1638년에는 러시아까지 차가 전해지게 되었다. 1650년에 차를 받아들인 영국에서는 "모든 의사가 보증하는 탁월한 중국의 음료! 중국인들은 차라고 부르고, 다른 나라에서는 타이 또는 티라고 부른다"라며 차를 즐기게 되었다.

　　세상 사람들이 좋아하는 모든 것들이 그러하듯이, 차 역시 보

급되는 과정에서 반대 의견에 부딪혔다. 헨리 새빌(1678)이라는 이단자는 차 마시는 것을 불결한 관습이라며 비난했고, 조나스 한웨이는 자신의 저서 『차에 관한 에세이(茶の説)』(1756)에서 "남자가 차를 마시면 키가 작아지고 고상함이 사라지며 여자는 아름다움을 잃게 된다"라고 말했다.

초기에는 차의 가격이 1파운드에 대략 15~16실링으로 매우 비싸서 대중들이 소비하기 어려웠으며, 격조 높은 접대와 향응의 상징 또는 왕족이나 귀족들에게 바치는 선물로 사용되었다. 그러나 이러한 상황에도 불구하고 차 문화는 놀라운 속도로 퍼져나갔다. 18세기 초 런던의 커피하우스는 사실상 티하우스로 바뀌었고, 조지프 애디슨*이나 리처드 스틸** 같은 영국의 작가들이 모여 함께 차를 마시며 대화하고 무료함을 달래는 안식처와 같은 공간으로 변모했다. 차는 곧 생활필수품이 되었고, 정

---

* 조지프 애디슨(Joseph Addison, 1672~1719): 영국의 수필가 겸 시인이자 정치인. 1711년, 친구 리처드 스틸과 함께 일간지 〈스펙테이터〉를 창간했다.
** 리처드 스틸(Richard Steele, 1672~1729): 영국의 수필가 겸 언론인이자 정치인. 〈태틀러〉, 〈스펙테이터〉, 〈가디언〉을 발간했고 많은 수필을 기고했다.

부에서는 차에 세금을 매기기 시작했다. 이러한 역사적 상황을 통해 우리는 차가 근대사에서 얼마나 중요한 역할을 담당했는지 알 수 있다. 영국의 식민 통치를 받던 미국 역시 차에 부과된 과도한 세금에 사람들의 인내심이 바닥을 드러냈고, 격분한 시민들이 동인도회사의 선박을 습격해 차 상자를 보스턴 항구에 내던진 사건이 미국 독립의 발단이 되었다.

차의 맛에는 거부할 수 없는 묘한 매력이 있으며 사람들은 그 맛을 이상화하게 된다. 차를 마시는 서양인들은 차의 향을 그들이 가진 사상의 향기와 절묘하게 조합해 다음과 같이 표현했다. 차에는 포도주가 가진 오만함이 없고, 커피가 가진 자의식도 없으며 코코아의 어린아이와 같은 순진함도 없다. 1711년에 발행된 일간지 〈스펙테이터〉에는 다음과 같은 글이 실려 있다.

"규칙적인 생활을 하는 훌륭한 가정을 위해 특별한 습관을 추천합니다. 매일 아침 한 시간, 버터를 곁들인 빵과 함께 차를 마시는 시간으로 정해보세요. 그리고 차를 즐기는 도구 중 하나로 제시간에 배달된 저희 신문을 준비하신다면 분명 당신의 삶에 큰 도움이 될 것입니다."

18세기 후반 영국 문학을 주도한 작가 새뮤얼 존슨은 자신을 다음과 같이 묘사했다.

"절제를 모르는 지독한 차 중독자. 나의 찻주전자는 식을 새가 없다. 차와 함께 저녁을 즐기고, 차로 한밤을 위로하며, 또 차를 마시며 아침을 맞이한다."

차에 전문적인 식견을 가지고 있던 영국의 수필가 찰스 램은 "아무도 모르게 행한 선한 일이 우연히 알려지는 일이 나에게 있어 가장 큰 즐거움이다"라고 말했는데, 이야말로 다도의 참뜻을 잘 나타내는 말이다. 왜냐하면 다도는 아름다움을 드러내지 않고 감추는 예술이며, 노골적인 표현을 피하고 암시를 통해 표현하는 기술이다. 이는 자기 자신을 조용히 그러나 철저하게 웃음거리로 삼는 품격 높은 비장의 기술로, 이 때문에 다도는 유머 그 자체이자 깨달음의 미소다. 바꿔 말하면, 유머의 진정한 의미를 깨달은 사람은 다인, 즉 차의 철학자라고 부를 수 있을 것이다. 예를 들면, 윌리엄 새커리*나 셰익스피어와 같은 훌륭한 문학가들이 그런 사람이다. 어느 시대나 타락하지 않았던 때는 없겠지만, 물질만능주의를 비판했던 퇴폐주의 시인들 역시 다도의 사상과 일맥상통하는 면이 있다. 아마도 오늘날 동서양이 서로를 위로하고 화합하기 위해서는 불완전함에 대한 조용하고 진지한 사색이 필요할 것이다.

  도가에서는 아무것도 존재하지 않았던 태초에 정신과 물질이 만나 필사의 싸움을 벌였다고 말한다. 마침내 하늘과 태양의 신 황제**가 어둠과 땅의 신 치우***를 물리치고 승리를 거두었다. 치우는 참을 수 없는 죽음의 고통에 신음하며 태양의 천정을 머리로 들이받아 푸른 비취색 천정을 산산이 조각내고 말았다. 이 때문에 별들은 보금자리를 잃었고, 달은 밤의 적막 속에

---

* 윌리엄 메이크피스 새커리(William Thackeray, 1811~1863): 영국의 소설가이자 풍자가. 찰스 디킨스와 함께 19세기 영국을 대표하는 작가로, 물질만능주의를 풍자적으로 그렸다.

** 황제(黃帝): 중국의 건국 신화에 나오는 삼황오제(三皇五帝) 가운데 하나로, 중국을 처음으로 통일한 군주이자 문명의 창시자로 숭배되고 있다.

*** 치우(蚩尤): 중국 고대 신화에서 황제와 천하를 다투는 큰 전쟁을 치른 괴물. 전설에 따라 짐승의 몸과 구리로 된 머리, 쇠의 이마를 가셨나거나 눈이 네 개, 손이 넷씩 새이네 인간의 몸과 소의 발굽을 가졌다는 설이 있다.

서 정처 없이 떠돌게 되었다. 절망에 빠진 황제는 망가진 하늘을 고칠 수 있는 자를 찾기 위해 여기저기 돌아다녔다. 황제의 노력은 헛되지 않아, 뿔로 된 왕관을 쓰고, 용의 꼬리를 달고, 불의 갑옷으로 온몸을 휘감은 채 찬란하게 빛나는 여왕 여왜*가 동쪽 바다에서 나타났다. 여왜는 커다란 마법의 솥에서 오색 무지개를 꺼내 깨진 하늘을 고쳐주었다. 그런데 그만 실수로 푸른 하늘 한가운데 작은 틈새 두 곳을 메꾸지 않았다고 한다. 여기서부터 사랑의 비극이 시작된다. 두 영혼이 만나 하나의 온전한 우주를 이루기 전까지는 서로 아득한 우주 공간 속에서 정처 없이 방황하며 떠돌아다닌다. 우리는 희망과 평화의 하늘을 새롭게 건설해야만 한다.

　오늘날 우리가 살아가는 하늘은 부와 권력을 차지하기 위한 치열한 싸움으로 인해서 그야말로 산산조각이 났다. 세상은 이기심과 탐욕의 어둠 속에서 길을 잃고 헤매고 있다. 부정한 방

＊ 여왜(女媧): 중국 고대 신화에 등장하는 여신으로, 인간을 창조한 조물주로 알려져 있다.

법으로 지식을 얻고, 이익을 얻기 위해 자비를 베푼다. 동서양은 생명의 보석을 되찾기 위해 소용돌이치는 바다에 내던져져 허무하게 몸부림치는 두 마리의 용과 같다. 이와 같은 대대적인 파괴를 복구하기 위해서 우리에게는 또다시 여왜가 필요하다. 우리는 위대한 화신을 기다린다. 그사이에 우리 차나 한잔 마시자. 오후의 햇살이 대나무숲을 환하게 비추고 샘물에서는 기쁨의 노래가 솟아날 때, 탕관에서 들려오는 솔잎을 스치는 산들바람 소리를 들으면서. 덧없는 꿈을 꾸며, 붙잡아 둘 수 없는 아름다운 것들에 잠시 취해보자.

다도는 아름다움을 드러내지 않고
감추는 예술이며, 노골적인 표현을 피하고
암시를 통해 표현하는 기술이다.
이는 자기 자신을 조용히 그러나 철저하게
웃음거리로 삼는 품격 높은 비장의 기술로,
이 때문에 다도는 유머 그 자체이자
깨달음의 미소다.
바꿔 말하면,
유머의 진정한 의미를 깨달은 사람은
다인, 즉 차의 철학자라고 부를 수 있을 것이다.

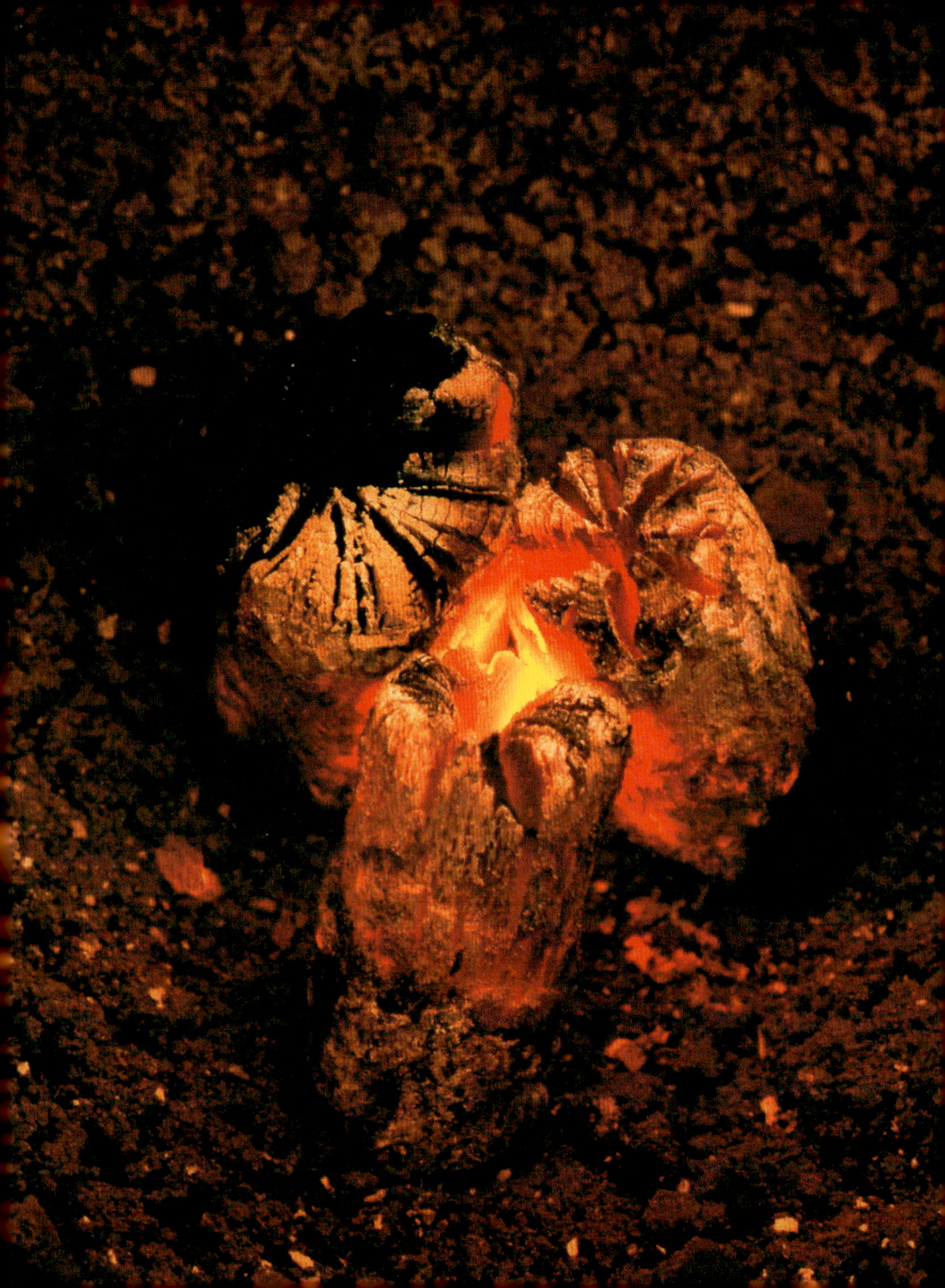

그사이에 우리 차나 한잔 마시자.
오후의 햇살이 대나무숲을 환하게 비추고
샘물에서는 기쁨의 노래가 솟아날 때,
탕관에서 들려오는 솔잎을 스치는
산들바람 소리를 들으면서.
덧없는 꿈을 꾸며, 붙잡아 둘 수 없는
아름다운 것들에 잠시 취해보자.

제2장   차의 유파

차는 하나의 예술품으로 그 최상의 맛을 끌어내기 위해서는 장인의 손길이 필요하다. 미술품에 걸작과 졸작이 존재하듯 차에도 좋은 차와 그렇지 못한 차가 있는데, 대부분은 후자다. 티티안*이나 셋손**과 같은 화가의 훌륭한 작품에 규칙이 없듯이 최고의 차를 만드는 데도 한 가지 방법만 존재하는 것은 아니다. 찻잎은 저마다의 개성이 있고, 물과 온도에 특별히 민감하

---

*　티티안: 본명은 베첼리오 티치아노(Vecellio Tiziano, 1488년 추정~1576년)로, 바로크 양식의 선구자 역할을 한 이탈리아의 화가. 강렬한 색채와 짜임새 있는 배경을 베네치아파에 도입했다.

**　셋손: 셋손 슈케이(雪村周繼). 무로마치 시대의 화승(畵僧)으로 동적이고 개성적인 수묵화를 많이 그렸다.

며, 기억해야 할 유전적 특성과 이야기를 들려주는 나름의 방식이 있다. 진정한 아름다움은 언제나 그 속에 존재한다. 예술과 인생의 이토록 단순하고 근본적인 법칙을 깨닫지 못해 인간은 얼마나 많은 고통을 받아 왔는가? 송나라의 시인 이죽란은 세상에서 가장 한탄할 일 세 가지를 언급했다. 첫째는 잘못된 교육으로 재능있는 청년들을 망쳐버리는 일이요, 둘째는 저속한 감상으로 훌륭한 그림의 가치를 떨어뜨리는 일이며, 셋째는 취급을 적절하게 하지 못해서 좋은 차를 못 쓰게 만드는 일이 그것이다.

예술과 마찬가지로 차에도 그 시대에 따른 유파가 있는데, 차의 발달은 대개 세 단계로 나눌 수 있다. 초기에는 덩어리로 된 차를 달여 마시는 단차를 사용했지만, 점차 분말로 된 차로 거품을 만들어 마시는 말차, 그리고 찻잎을 우려서 마시는 전차로 발전해왔다. 현재 우리는 대부분 마지막의 방법을 사용해 차를 우려 마신다. 차를 마시는 이러한 각각의 방식은 당시 유행했던 시대정신을 나타내는데, 이는 인간의 삶은 하나의 표현이며 우리의 무의식적인 행동은 깊은 내면에서 끊임없이 일어나는 생각들의 발로이기 때문이다. 공자는 "사람이 어찌 자신을 숨길 수 있겠는가?"라고 말했다. 인간은 무언가를 숨겨야 할 정도로 위대하지 못한 탓에 어쩌면 작은 일에 자신을 너무 많이 드러내는지도 모른다. 일상의 사소한 일들에서 드러나는 이상은 철학이나 시에서 구현하고자 하는 이상과 다르지 않다. 어떤 포도주를 좋아했는지 그 취향의 차이를 통해 유럽의 각 시대나 국민적 특성을 알 수 있듯이, 차를 통해서도 동양 문화의 다양한 정서적 특징이 드러난다. 달이는 '단차', 휘저어서 거품을 내는 '말차', 우려내는 '전차'는 중국의 당(唐), 송(宋), 명(明) 시대의 각기 다른 정서를 극명하게 드러낸다. 이들을 예술 분류에 흔히 사용하는 용어를 빌려서 표현하자면, 각각 차의 고전파, 낭만파, 자연주의파라고 부를 수 있을 것이다.

중국 남부가 원산지인 차나무는 아주 오래전부터 중국의 식물학계나 의학계에 알려져 있었다. 옛 기록에 도(荼), 설(蔎), 천(荈), 가(檟), 명(茗) 등 여러 가지 이름으로 언급되어 있는데, 피로

해소에 도움이 되고 기분을 상쾌하게 하며 의지를 강하게 만들고 시력 개선에도 효과가 있다며 그 효능이 높이 평가되었다. 내복약으로 복용했을 뿐만 아니라 류머티즘으로 인한 고통을 경감시키기 위해 연고 형태로도 종종 사용되었다. 도가에서는 불로장생의 영약을 만드는 데 가장 중요한 성분이라고 주장했고, 불교에서는 장시간 명상을 할 때 밀려오는 졸음을 쫓기 위해 널리 사용되었다.

 4, 5세기경, 차는 중국 양쯔강 유역의 주민들이 가장 즐겨 마시는 음료가 되었다. 현재 사용되고 있는 '차(茶)'라는 글자가 만들어진 것도 바로 이때였는데, 아마도 고대에 사용되었던 도(荼)라는 글자가 잘못 전해져 변형된 것으로 생각된다. 남조 시대의 시인들은 '비취빛 액체의 거품'을 찬양하는 시를 지어 바치기도 했다. 그리고 황제는 귀한 찻잎을 남겨두었다가 뛰어난 공을 세운 대신들에게 하사하기도 했다. 그러나 이 시기에 차를 마시는 방법은 지극히 원시적인 것으로, 찻잎을 쪄서 절구로 찧은 뒤 떡 모양으로 빚어서 쌀이나 생강, 소금, 귤껍질, 향신료, 우유, 때

차는 하나의 예술품으로
그 최상의 맛을 끌어내기 위해서는
장인의 손길이 필요하다.
미술품에 걸작과 졸작이 존재하듯
차에도 좋은 차와 그렇지 못한 차가 있는데,
대부분은 후자다.
티티안이나 셋손과 같은 화가의
훌륭한 작품에 규칙이 없듯이
최고의 차를 만드는 데도
한 가지 방법만이 존재하는 것은 아니다.

로는 양파까지 넣어서 함께 달이는 방식이었다. 오늘날에도 티베트와 몽골의 일부 민족은 이러한 방법을 사용해 그 혼합물로 독특한 시럽을 만들어 마신다. 러시아인들은 차를 마실 때 레몬 조각을 사용하는데, 이러한 관습은 중국의 대상에게 배운 고대의 방식이 남아 있다는 사실을 보여준다.

이후 당나라 시대의 천재적인 인물 육우를 통해 차는 원시적인 방식에서 벗어나 더 이상적이고 완성된 형태로 발전되었다. 육우는 8세기 중엽, 불교와 도교, 유교가 공존과 통합을 모색하던 시기에 등장한 당나라 시대의 문인으로, 차의 성인이라 일컬어진다. 당시의 다신교적인 종교적 특성으로 인해 사람들은 특수하고 부분적인 것에 보편적 법칙이 투영되어 있음을 깨닫게 되었다. 시인이었던 육우는 차를 마시는 일에도 만물을 지배하는 조화와 질서가 존재함을 깨달았고, 차의 경전이라 불리는 그의 명저 『다경(茶經)』을 통해 차의 규범을 확립했다. 이후 그는 중국인들에게 '차의 신'으로 추앙받고 있다.

『다경』은 총 세 권, 열 개의 장으로 이루어져 있다. 첫째 장에는 차의 기원, 둘째 장에는 찻잎을 따고 만드는 도구, 셋째 장에는 차를 만드는 방법이 기록되어 있다. 육우는 최상의 찻잎이란 "북방의 타타르 유목민이 신는 가죽신처럼 주름이 있고, 힘센 황소의 처진 목살과 같이 구불구불하며, 골짜기에서 피어오르는 안개처럼 펼쳐져 있고, 산들바람에 흔들리는 호수처럼 반짝이며, 비에 젖은 기름진 땅처럼 촉촉하게 부드러운 것"이어야 한다고 말했다.

넷째 장에는 세 발 달린 풍로에서부터 모든 다기를 수납해 정리하는 대나무 광주리인 도람에 이르기까지 스물네 가지의 다구를 열거하고 있다. 여기서 우리는 육우의 사상에 나타난 도가의 상징주의에 주목할 필요가 있으며, 차가 중국 도자기에 미친 영향을 엿볼 수 있다는 사실 역시 흥미롭다. 이미 알려진 바와 같이, 중국 도자기의 기원은 비취의 아름다운 음영을 재현하려는 시도에서 비롯된 것으로, 그 결과 당나라 때 남부 지역에서는 청자가 북부 지역에서는 백자가 탄생했다. 육우는 청색을 찻잔의 가장 이상적인 색으로 여겼는데, 청색은 차에 초록빛을

더해주는 데 반해, 백색은 연분홍빛을 돌게 해 풍미가 없어 보이게 만들기 때문이다. 그것은 그가 단차를 사용했기 때문이기도 하다. 이후 송나라 시대의 다인들은 가루차인 말차를 선호하게 되면서 검푸른색이나 흑갈색의 무거운 찻사발을 애용했다. 그리고 명나라 때, 차를 우려 마시게 되면서부터 사람들은 가벼운 백자를 즐겨 사용했다.

  다섯째 장에서는 차를 끓이는 방법에 대해 설명한다. 소금을 제외한 다른 성분을 제거하는 법, 물을 선택하는 법, 차를 끓이는 온도 등에 대해서도 자세히 다루고 있다. 육우는 산속의 샘물을 가장 으뜸으로 쳤고, 그다음은 강물과 우물물 순이라고 말했다. 찻물이 끓는 과정은 세 단계로 나눌 수 있다. 첫 번째 단계에서는 물고기의 눈과 같은 작은 거품이 수면 위로 올라온다. 두 번째 단계에서는 작은 거품이 샘물에서 또르르 흘러나오는 수정 구슬처럼 커지고 마지막 세 번째 단계에서는 찻물이 탕관 속에서 용솟음치듯 부글부글 힘차게 끓어오른다. 단차를 사용해 차를 달이는 방법은 먼저 찻잎을 어린아이의 피부처럼 부

찻잎은 저마다의 개성이 있고,
물과 온도에 특별히 민감하며,
기억해야 할 유전적 특성과
이야기를 들려주는 나름의 방식이 있다.
진정한 아름다움은
언제나 그 속에 존재한다.
예술과 인생의 이토록 단순하고
근본적인 법칙을 깨닫지 못해
인간은 얼마나 많은 고통을
받아 왔는가?

드러워질 때까지 불에 잘 구운 다음 고운 종이에 싸서 잘게 부수어 가루로 만든 뒤, 물이 끓는 첫 번째 단계에서 소금을 넣고 두 번째 단계에 차를 넣는다. 세 번째 단계에서는 찬물 한 국자를 탕관에 부어 차를 가라앉히고 물의 원기를 되살린다. 그러고는 찻잔에 따라 마신다. 신이 내린 감로의 맛! 부드러운 어린잎이 마치 화창한 하늘에 엷게 떠 있는 구름, 혹은 에메랄드빛 냇물 위를 떠다니는 한 송이 수련과도 같다. 당나라 시인 노동이 찬양한 차의 맛이 바로 이런 맛일까?

첫 잔은 입술과 목을 적시고

둘째 잔은 외로움과 번민을 씻어주며

셋째 잔이 메마른 창자를 적시니 시가 될 문자들이 오천 권이 넘고

넷째 잔은 가벼운 땀을 일으켜 일생의 모든 허물이 땀과 함께 빠져나가고

다섯째 잔에 몸과 마음이 맑아지며

여섯째 잔은 신선의 세계로 나를 이끌고

일곱째 잔은 다 마시지도 않았는데

옷자락을 스치는 시원한 바람이 느껴지네

무릉도원이 어디인가?

이 감미로운 바람을 타고 훨훨 그곳으로 날아가려 하네

『다경』의 나머지 장들은 차 마시는 방법과 주의점, 차를 즐겨 마신 것으로 유명한 역사적 인물들에 관한 고사, 중국의 유명 차밭, 다양한 다기와 다구의 삽화 등에 관해 다루고 있다. 안타깝게도 마지막 장은 상당 부분 분실되어 전해지지 않는다.

『다경』의 출현은 당시 사회에 상당한 충격을 불러일으켰다. 당 황제 대종(代宗, 762~779)은 육우를 각별하게 여기며 그에게 지원을 아끼지 않았고, 육우의 명성이 높아짐에 따라 그를 따르는 많은 추종자가 생겨났다. 그중에는 육우와 그의 제자가 만든 차를 식별해낼 수 있는 사람도 있었다고 하며, 어느 관리는 이 위대한 차의 대가가 만든 차를 감별하는 데 실패해서 불명예를 떠안게 되었다는 기록도 남아있다.

송나라 시대에는 가루차인 말차가 유행하게 되면서 차의 두 번째 유파가 생겨났다. 가루차를 사용한 방식은 찻잎을 작은 맷돌로 곱게 빻아서 가루로 만든 다음, 이 가루를 담은 찻사발에 뜨거운 물을 부어 끝이 갈라진 대나무 찻솔로 정교하게 섞어 거품을 일으킨다. 이 새로운 방식은 찻잎의 선택은 물론이고 차도구와 마시는 방법에도 변화를 가져왔으며, 이후 소금은 사용하지 않게 되었다. 송나라 사람들의 차에 대한 열광은 끝이 없었다. 미식가들은 서로 경쟁하듯 새롭고 다양한 방법들을 만들어냈고, 우열을 가리기 위해 정식으로 대회를 열기도 했다. 황제 휘종(徽宗, 1100~1125)은 위엄 있는 왕이기보다는 위대한 예술가에 가까웠는데, 진귀한 품종의 차를 얻기 위해 재화를 아낌없이 쏟아부었다. 황제 스스로 24종의 차에 대한 논을 저술하기도 했는데, 그중에서 '백차'를 가장 진귀하고 품질이 뛰어난 차로 꼽았다.

송대와 당대 사람들은 그들이 세상을 바라보는 관점만큼이나 서로 이상적이라고 여긴 차에서도 차이가 있었다. 송대 사람들은 선조들이 상징을 통해 표현하려고 했던 것을 사실적으로 나타내고자 했다. 신유학자들은 우주의 법칙이 현상 세계에 투영되는 것이 아니라 현상 세계가 우주의 법칙 그 자체라고 생각했다. 영원은 매 순간 존재하고, 열반은 언제나 우리의 손안에 있다. 불변은 끊임없는 변화 속에 있다고 하는 도가 사상이 그들의 모든 사유 방식 속에 스며들어 있었다. 흥미로운 것은 행위가 아니라 과정이며, 가장 중요한 본질은 '완성'이 아닌 '완성하는' 것이다. 이로써 인간은 '스스로 그러한' 자연과 마주하게 되었다. 새로운 깨달음은 삶의 예술로 승화되었고, 차는 이미 시적인 놀이가 아니라 스스로 깨달음에 이르는 하나의 방법이 되었다. 강직한 성격으로 여러 차례 관직에서 강등된 북송의 시인 왕우칭은 차를 찬양하며 "직언처럼 나의 영혼을 적시고, 그 미묘하고 쓴맛은 지혜로운 조언을 듣고 난 후의 여운과도 같다"라고 말했다. 북송의 시인 소동파는 차가 "덕이 높은 군자와 같이 흠잡을 수 없는 순수함"을 가졌다고 노래했다. 불교에서는 도교의 교리를 많이 흡수한 남종선 유파가 정교한 다례 의식을 정립했다. 승려들은 달마상 앞에 모여 성찬의 격식을 차리고 한 사발의 차를 마셨다. 이러한 선종의 의식은 훗날 15세기 일본의 차노유*로 발전했다.

13세기 갑작스럽게 세력을 확장한 몽골의 침략에 중국은 원나라 황제의 야만적인 통치 아래 놓이게 되었고, 불행하게도 송대에 이루어놓은 모든 문화적 소산은 파괴되고 말았다. 15세기 중반 원을 물리치고 한족이 세운 명나라는 나라의 재건을 꿈꾸었지만, 내부적 혼란에 시달리다가 17세기에 다시 이방 민족인 만주족의 침략에 무너지고 말았다. 풍속과 관습은 변해버렸고 선조들의 유산도 사라져버렸다. 사람들의 기억 속에서 가루차는 완전히 사라졌고, 명대의 한 유명한 학자가 송대에 기록된 고전 속에 언급된 찻솔의 형태를 알아낼 방도가 없어 안타까워했다는 기록도 남아 있다. 오늘날 우리는 차를 찻잔에 넣고 뜨거운 물을 부어 우려 마신다. 중국 명나라 말기에 차 마시는 법

---

* 차노유(茶の湯): 일본 다도는 끽다(喫茶)-차노유(茶の湯)-다도(茶道)의 3단계로 발전했다. 차노유라는 말은 15세기 중반쯤부터 사용되었고, 에도 시대 이후부터 여기에 도덕과 종교, 철학적 의미가 더해지면서 다도(茶道)라는 용어를 사용하게 되었다.

을 배운 서구 사회가 이 이전의 음다법에 대해 무지한 이유도 바로 이 때문이다.

현대 중국인들에게 차는 이상적인 어떤 것이라기보다는 그저 맛있고 몸에 좋은 음료에 불과하다. 나라에 불어닥친 긴 불행의 시간이 사람들의 삶에 대한 의미와 열정을 송두리째 앗아가버렸다. 사람들의 생활은 점점 현대화되었지만, 내면은 늙고 꿈은 사라져갔다. 그들은 영원한 젊음과 삶의 활기를 노래한 옛 선조들이나 시인들이 꿈꾸었던 환상에 대한 고귀한 신념을 잃어버렸다. 절충주의자가 된 그들은 이제 세상의 관습을 그저 복종하며 따를 뿐이다. 자연을 이용할 뿐, 자연을 정복하려 하거나 숭배하지는 않는다. 오늘날 중국의 잎차는 종종 꽃과 같은 향기를 풍겨서 깜짝 놀랄 때도 있지만, 당송시대 때의 낭만은 찾아볼 수가 없다.

중국 문명의 발달과 비슷한 과정을 거친 일본은 앞에서 설명한 세 단계의 차의 발달 과정을 모두 알고 있다. 일찍이 729년에 쇼무 천황이 나라성에서 백여 명의 승려들에게 차를 나누어

주었다는 기록이 있다. 그 찻잎들은 아마 당나라에 갔던 사신들이 가져온 것으로, 당시 유행하던 방법으로 달여 마셨을 것이다. 801년, 승려 사이초가 차나무의 씨앗을 가져와 긴키 지방의 히에이잔에 심었고, 그 이후 귀족과 승려들이 차를 즐겨 마시게 되었을 뿐만 아니라 차밭도 급증하게 되었다고 한다. 송나라의 차는 1191년에 송나라에 남종선을 배우러 갔던 에이사이 선사가 일본으로 돌아올 때 가지고 들여왔는데, 그가 들여온 씨앗들은 각각 세 곳에 나누어 재배되었다. 그 가운데 한 곳인 교토 근교의 우지 지방은 지금까지도 세계적인 명차 생산지로 유명하다. 남종선은 놀라운 속도로 전파되었고, 그에 따라 송나라의 다례와 차에 대한 이상도 널리 퍼져나갔다. 15세기경에는 무로마치 막부의 제8대 쇼군 아시카가 요시마사의 지원에 힘입어 차 마시는 예법인 차노유가 점차 기틀을 잡아가게 되었고 독자적이고 대중적인 모습으로 전파되었다. 이후 일본의 다도는 완전히 완성된 모습을 갖추게 되었다. 중국에서 유행하던 우려내는 방식의 차가 일본에 전해진 것은 17세기 중반 이후로, 그리

오래되지 않았다. 일상에서는 찻잎을 우려내어 마시는 차가 가루차를 대체하게 되었지만, 가루차는 여전히 '차 중의 차'로서 그 지위를 차지하고 있다.

일본의 차노유에서 궁극적인 차의 이상적인 모습을 발견할 수 있다. 1281년 몽골의 침략을 성공적으로 막아냄으로써 일본은 송대의 문화를 지켜나갈 수 있었지만, 중국 본토에서는 오히려 명맥이 끊어지는 참담한 상황이 벌어진 것이다. 우리에게 차는 단순히 마시는 행위를 이상화한 예법 그 이상의 의미가 있다. 차는 삶을 예술로 승화시키고자 하는 일종의 종교다. 차는 순수함과 정화됨을 추구하는 매개체로 주인과 손님이 함께 일상의 순간을 최상의 행복으로 만들기 위한 신성한 의식이다. 다실은 지치고 목마른 여행자들이 모여 예술을 감상하며 샘물을 나누어 마시는, 삭막한 세상 속에 존재하는 오아시스다. 차노유는 차와 꽃, 그림을 주제로 만들어진 일종의 즉흥극이다. 어떤 색 하나 다실의 품격을 떨어뜨리지 않고, 어떤 소리도 사물의 운율을 깨뜨리지 않으며, 어떤 몸짓 하나도 조화를 깨뜨리지

않고, 어떤 말 한마디도 주위를 둘러싼 통일감을 무너뜨림 없이 모든 움직임은 단순하고도 자연스럽게 이루어지는데 이것이 바로 차노유가 추구하는 목적이다. 그리고 신기하게도 이러한 즉흥극은 성공하는 경우가 많다. 이 모든 것 뒤에는 만물을 아우르는 오묘한 철학이 숨어 있다. 다도는 바로 가면을 쓴 도교다.

다실은 지치고 목마른 여행자들이 모여
예술을 감상하며 샘물을 나누어 마시는,
삭막한 세상 속에 존재하는
오아시스다.

차노유는 차와 꽃, 그림을 주제로 만들어진
일종의 즉흥극이다.
어떤 색 하나 다실의 품격을 떨어뜨리지 않고,
어떤 소리도 사물의 운율을 깨뜨리지 않으며,
어떤 몸짓 하나도 조화를 깨뜨리지 않고,
어떤 말 한마디도 주위를 둘러싼
통일감을 무너뜨림 없이
모든 움직임은
단순하고도 자연스럽게 이루어지는데
이것이 바로 차노유가 추구하는 목적이다.

그리고 신기하게도
이러한 즉흥극은
성공하는 경우가 많다.
이 모든 것 뒤에는
만물을 아우르는
오묘한 철학이 숨어 있다.
다도는 바로 가면을 쓴
도교다.

제3장   도교와 선

모두 이미 알고 있는 바와 같이 차는 선의 사상과 만나게 된다. 차노유가 선종의 의식에서 발달한 것이라는 사실은 앞에서 이미 언급했는데, 도교의 시조인 노자 역시 차의 역사와 밀접하게 연관되어 있다. 중국 교과서에는 차를 마시는 풍습이 어떻게 시작되었는지 그 기원이 언급되어 있는데, 손님에게 차를 대접하는 의식은 바로 노자의 제자인 관윤이 함곡관에서 노자에게 황금빛 불사의 영약을 바치는 의식에서부터 시작되었다고 설명하고 있다. 차를 대접하는 풍습이 도가 철학자들로부터 시작되었다는 설이 사실인지 아닌지에 대한 논의도 물론 가치가 있겠지만, 도교와 선에 대한 우리의 관심은 주로 우리가 다도라고 부르는 것에 내재한 삶과 예술에 대한 관념에 있다.

지금까지 도교와 선의 사상을 외국어로 번역하려는 훌륭한 시도들이 많았지만, 안타깝게도 아직 어떠한 외국어로도 적절히 표현되지 못했다.

번역은 언제나 반역이 되어버리기 마련이어서, 명나라 문인들이 말한 것처럼 아무리 노력해도 겨우 비단의 뒷면 정도밖에 표현하지 못하기 때문이다. 날줄과 씨줄의 모든 실을 담았어도 그 색감이나 디자인의 미묘한 느낌까지 담을 수는 없다. 하지만 쉽게 설명되는 위대한 가르침이 있었던가? 옛 성인들은 결코 자신의 가르침을 알기 쉽게 풀어서 체계적으로 설명한 적이 없다. 그 속에 담긴 의미가 다 전달되지 못할 것을 염려해 직접적인 설명보다는 역설과 비유를 들어 말할 뿐이었다. 그들이 하는 말은 얼핏 들으면 어리석게 느껴지지만, 결국은 듣는 이들에게 지혜를 선사한다. 노자는 다음과 같은 재미있는 말을 남겼다.

"바보들은 도를 들으면 크게 웃는다. 그런데 그들이 웃지 않으면 도가 아니다."

도란 글자 그대로 길이라는 뜻이다. 그 외에도 지금까지 절대, 법칙, 자연, 궁극의 이치, 방법 등과 같이 여러 의미로 번역되어 왔다. 이러한 번역이 틀린 것은 아니다. 도가에서 말하는 도는 말하고자 하는 내용에 따라 다양한 뜻으로 사용되기 때문이다. 노자 스스로 정의한 도의 의미는 다음과 같다.

"하늘과 땅이 생겨나기 이전부터 모든 것을 품은 완전한 무언가가 있었다. 그것은 소리도 없이 적막하고 형태도 없이 텅 비어 있다. 무엇에도 의지하지 않고 홀로 있으며 변하지도 않는다. 가지 않는 곳이 없으나, 위태롭지 않으니 가히 우주의 어미라 할 수 있다. 나는 그 이름을 알 수 없어 다만 '도'라 부른다. 구태여 형용하라 한다면 '크다'라고 하겠다. 크다고 하는 것은 끝없이 뻗어 나가는 것. 끝없이 뻗어 나간다는 것은 멀리멀리 나아가는 것. 멀리멀리 나아간다는 것은 되돌아오는 것이다."

도는 길이라기보다는 통로다. 그것은 우주 변화의 정신, 즉 새로운 형태를 추구하기 위해 끊임없이 자신에게 되돌아가는 영원한 성장이다. 도가 철학자들이 상징으로 즐겨 사용하는 한 마리의 용처럼 스스로 자신의 몸을 휘감았다가 솟구치고 구름처럼 모였다가 흩어진다. 도란 '위대한 순환'이라고 말할 수도 있을 것이다. 그것은 주관적인 우주의 기운이며 그 절대성은 동시에 상대적이기도 하다.

  우리가 먼저 기억해야 할 것은 도교가 자신의 적통인 선과 마찬가지로 중국 남부 사람들의 강한 개인주의적 성향을 드러낸다는 사실이다. 이는 유교적 성향이 우세한 중국 북부 지역의 특징과는 상반된다. 중국은 유럽만큼이나 광대한 영토를 갖고 있으며, 대륙을 가로지르는 두 개의 거대한 강줄기로 고유한 지역적 특색을 보인다. 양쯔강과 황하는 각각 지중해와 발트해에 해당한다. 통일 후 수 세기가 지난 오늘날에도 중국 남부 지역과 북부 지역은 사상과 신앙에 있어서 큰 차이를 나타내고 있다. 마치 유럽 남부의 라틴족이 북부의 튜턴족과 다른 것처럼 말이다. 교통수단이 지금처럼 발달하지 않았던 고대에는 사상적 교류가 활발하지 않았고, 특히 중세 시대에는 그 차이가 가

장 극명하게 드러났다. 시와 예술작품에서도 두 지역은 아주 다른 양상을 보였는데, 노자와 그의 제자들은 물론 양쯔강 자연주의 시인의 대표 주자인 굴원의 작품을 보더라도, 그들의 이상은 북부 지역에 살고 있던 동시대 시인들의 진부한 도덕 관념과는 완전히 달랐음을 발견할 수 있다. 노자는 기원전 5세기에 살았던 인물이다.

도가 사상의 기원은 '긴 귀'라는 별명을 가진 노자가 나타나기 훨씬 전으로 거슬러 올라간다. 중국 고대의 기록들, 그중에서도 특히 『역경』은 도가 사상의 출현을 예견하는 것이라 할 수 있다. 기원전 12세기경 주 왕조의 창건과 함께 중국 문명은 최고조에 달했으나, 고대의 법률과 풍습을 지나치게 숭상한 탓에 개인주의적 사상의 발달은 오랫동안 억압되었다. 주 왕조가 멸망하고 수많은 제후국이 등장하면서부터 비로소 자유로운 사상이 화려하게 피어날 수 있었다. 노자와 장자가 중국 남부에서 새로운 학파를 탄생시켰다면, 다른 한 편에서는 공자가 수많은 제자를 육성하며 고대의 전통과 관습을 이어나가야 한다고 주장했다. 도교는 유가 사상에 대한 지식 없이는 이해할 수 없으며, 그 반대의 경우도 마찬가지다.

도가에서 말하는 절대성은 상대적이라고 앞에서 언급했다. 도가 철학자들은 윤리학적 관점에서 기존 사회의 법률과 도덕적 규범들을 비판했는데, 그들에게 옳고 그름은 상대적인 가치일 뿐이었기 때문이다. 어떤 것을 정의한다는 것은 곧 그것을 한정하는 것과 다를 바 없고, '고정'과 '불변'은 성장을 멈추게 하는 단어에 지나지 않는다. 굴원은 "현자들이 세상을 움직인다"라고 말했다. 우리가 말하는 도덕적 규범이란 사회에 필요하기 때문에 장기간에 걸쳐 만들어진 것이며, 그 사회의 모습은 항상 시대에 따라 변한다. 공동체의 관습을 유지하기 위해 사회는 항상 개인에게 끊임없는 희생을 요구한다. 교육은 오히려 대중을 철저하게 현혹하기 위해 일종의 무지를 조장하는 쪽으로 이루어진다. 사람들은 진실로 덕이 있는 사람이 되기 위한 가르침 대신 적절히 처세하는 방법만을 배우게 된다. 인간이란 본래 놀라울 정도로 자의식이 강하기 때문에 부도덕해지기 쉽고, 우

리는 우리 자신이 부도덕하다는 것을 잘 알기 때문에 결코 남을 용서하지 않는다. 남에게 그 진실을 말하는 것이 두려워서 양심을 지키려 노력하고, 자기 자신에게 진실을 말하는 것이 두려워서 자존심이라는 벽을 쌓고 그 안에 숨는다. "세상이 온통 엉터리인데 어떻게 그 속에서 제정신으로 살아갈 수 있겠는가!"라고 말하며, 무엇이든 사고파는 세상이 되어버렸다. 명예와 순결! 신과 진리를 팔고 다니는 자들을 보라. 꽃과 음악으로 장식된 평범한 도덕론이 종교라는 이름으로 팔리고 있다. 교회를 장식하고 있는 온갖 물건들을 치워버린다면 과연 무엇이 남겠는가? 장사꾼과 다를 바 없는 종교가 저토록 번성하는 것은 천국행 열차의 티켓과 천국 백성의 증표를 얻는 값이 터무니없이 싸기 때문이다. 어쩌면 당신은 자신의 능력을 감추는 편이 좋을지도 모른다. 만일 당신의 유용함이 세상에 알려지게 된다면 경매사들은 공공연하게 당신을 경매대에 올려 최고가에 팔아넘길 것이기 때문이다. 남녀를 막론하고 왜 그리 자신을 광고하지 못해 안달인가? 노예 시절부터 내려온 일종의 본능이라고 해야 하는 걸까?

도가 사상의 위대함은 후대의 여러 사상과 운동에 영향을 끼쳤다는 사실뿐만 아니라 동시대의 사상을 꿰뚫고 나아간 그 강인함에 있다. 중국 최초의 통일 국가를 이룩한 진 왕조 시대를 지배했던 이념인 도가 사상은 수학자들이나 법가 사상가들, 그리고 병법가들, 신비주의자들과 연금술사들, 나아가 양쯔강의 자연주의 시인들에게까지 지대한 영향을 미쳤다. 공손룡의 '백마비마론'과 '견백론'에 나타난 바와 같이, 흰 말이 흰색으로 실재하는지 말 자체로 실재하는지를 고민했던 실재론의 철학자들도 간과할 수 없고, 선 사상가들처럼 순수와 관념에 관한 논의에 빠져 있었던 육조시대의 청담가들 역시 잊어서는 안 된다. 무엇보다 우리는 중국인의 국민성에 '옥과 같이 따스한' 겸양과 고상함을 부여하는 데에 크게 이바지한 도교에 경의를 표하지 않을 수 없다.

중국의 역사에는 현실 정치를 떠난 은둔자들뿐만 아니라 왕족들까지 도교를 숭상하며 그 가르침을 실천한 많은 기록이 남

사람들은 진실로 덕이 있는 사람이
되기 위한 가르침 대신
적절히 처세하는 방법만을 배우게 된다.
인간이란 본래
놀라울 정도로 자의식이 강하기 때문에
부도덕해지기 쉽고,
우리는 우리 자신이
부도덕하다는 것을 잘 알기 때문에
결코 남을 용서하지 않는다.
남에게 그 진실을 말하는 것이 두려워서
양심을 지키려 노력하고,
자기 자신에게 진실을 말하는 것이 두려워서
자존심이라는 벽을 쌓고 그 안에 숨는다.

아 있다. 이와 같은 다양하고 흥미로운 실제 사례들은 많은 일화와 우화, 격언 등을 남기며 사람들에게 즐거움과 교훈을 주었다. 처음부터 살아있는 존재가 아니기에 영원히 죽지 않을 이야기 속 황제와 담소를 나눌 수도 있고, 열자*와 함께 바람을 타고 무위의 고요함 속에 빠져보거나, 스스로 바람이 되어 하늘과 땅 그 어디에도 속하지 않고 그 중간 세계에 살고 있다는 황하의 노인과 함께 허공에서 살아볼 수도 있다. 오늘날 기이한 형식만 남아 그 이름만 겨우 유지하고 있는 중국의 도교에서조차 다른 종교에서는 찾아볼 수 없는 풍부한 상상력을 엿볼 수 있다.

그러나 도교가 아시아인의 삶에 영향을 미친 가장 큰 공적은 미학에 있다. 중국의 역사가들은 예로부터 도교를 '처세술'이라고 말하는데, 이는 도교가 항상 현재의 '나 자신'에 대해 이야기하기 때문이다. 바로 우리 자신이 신과 자연이 만나는 곳이

---

* 열자(列子): 중국 고대 도가의 사상가로, 이름은 어구(禦寇)다. BC 400년경 정(鄭)나라에 살았다고 전해지지만, 『사기(史記)』에는 그 전기가 보이지 않고, 『장자(莊子)』의 〈소요유편(逍遙遊篇)〉에 '열자는 바람을 타고 하늘을 날았다'라는 문구로 미루어보아 허구의 인물로 추정된다.

며 어제와 오늘이 분리되는 곳이다. 현재는 움직이는 '무한'이며 '상대성'의 원리가 작동하는 지점이다. 상대성은 조율을 추구하고 조율은 곧 예술이다. 삶의 예술은 주변 환경과 끊임없이 조율하고 또 조율하는 과정에 있다. 유교나 불교와는 달리, 도교에서는 세속적인 현실을 있는 그대로 받아들이고 고통과 번뇌로 가득한 세상 속에서 아름다움을 찾으려고 한다. 송나라 시대의 우화 중에 식초를 맛보는 세 사람에 관한 이야기가 있는데, 이 우화는 세 가지 종교의 사상적 특징을 훌륭하게 설명해 준다.

"어느 날, 석가모니와 공자와 노자는 인생을 상징하는 식초 단지 앞에 서서 각자 손가락을 담가 그 맛을 보았다. 공자는 시다고 말했고, 석가모니는 쓰다고 했으며, 노자는 달다고 말했다."

도가 철학자들은 누구든 자신의 삶에 통일성을 유지한다면 인생이라는 희극을 훨씬 더 재미있게 만들 수 있다고 말했다. 자신에게 주어진 것들의 균형을 유지하며 타인에게 많은 것을 양보하더라도 자신이 설 자리를 잃지 않는 것이 인생이라는 이

세속적인 드라마에서 성공할 수 있는 비결이다. 자신의 역할을 잘 소화해내기 위해서는 극 전체에 대한 이해가 필요하다. 그러므로 개인적인 생각에만 사로잡히지 말고 전체적인 관점에서 세상을 바라보아야 한다는 것이다. 이를 두고 노자는 자신의 철학을 표현하는 핵심단어인 '비어 있음'을 통해 은유적으로 설명했다. 진실로 본질적인 것은 '비어 있음'을 통해서만 존재하기 때문이다. 예를 들면, 방의 본질은 지붕과 벽으로 둘러싸인 비어 있는 공간이지 지붕이나 벽 그 자체가 아니다. 물 주전자의 쓰임은 물을 담을 수 있는 그 '빈' 공간에 있는 것이지 물 주전자의 형태나 재질에 있지 않다. '비어 있음'은 모든 것을 담을 수 있기에 가장 강력한 힘이 된다. 비어 있어야만 비로소 움직일 수 있다. 다른 사람들이 자유롭게 드나들 수 있도록 자신을 비울 수 있는 사람이라면 어떤 상황에서나 주인이 될 것이다. 전체는 항상 부분을 지배하기 때문이다.

  이러한 도가 철학자들의 사상은 우리의 삶과 행동에 관한 이론뿐만 아니라, 심지어 검술과 격투술의 이론에까지 큰 영향을 미쳤다. 주짓수로 알려진 일본의 '유술'은 자기방어를 위한 기술로, 그 이름은 노자가 쓴 『도덕경』의 한 구절에서 따온 것이다. 유술은 자신의 힘을 모두 뺀 무저항의 상태에서 그 비어 있는 공간으로 들어온 상대의 힘을 역이용하거나 모두 소진하게 만든 후 마지막 순간에 상대를 제압하는 격투 기술이다.

같은 원리가 예술에도 적용된다. 말하는 대신 무언가 여지를 남겨두는 암시의 가치는, 보는 사람에게 그 생각을 완성할 기회를 부여한다는 점에 있다. 그리하여 위대한 걸작은 감상하는 사람이 실제로 작품 속의 일부가 된 듯한 느낌에 사로잡히게 한다. 감상자는 작품의 비어 있는 부분을 통해 직접 그 속으로 들어가 자신만의 예술적 감성으로 작품을 완성한다.

스스로 삶의 예술을 터득한 사람을 도가에서는 진인이라고 한다. 그는 태어나면서 꿈의 세계로 들어가서 죽을 때 현실의 세계로 돌아오는데, 세상에 자신을 드러내지 않기 위해 자신의 현명함을 숨겨둔다. 진인의 머뭇거림은 마치 추운 겨울 찬 냇물을 건너가는 사람과 같고, 주저함은 주위를 둘러싸고 있는 적을 두려워함과 같으며, 공손함은 마치 손님을 대하는 것과 같고, 풀어짐은 봄바람에 녹는 얼음과 같으며, 꾸밈이 없는 것은 갓 베어낸 통나무와 같고, 구애받지 않는 마음은 텅 빈 골짜기와 같으며, 세상과 한데 섞이는 모습은 마치 흐려진 흙탕물과도 같다.* 그의 삶에 있어서 세 가지 보물은 자비와 검약, 겸손이다.

 이제 선의 사상으로 들어가 보면, 도교의 가르침을 더욱 확장한 것이 바로 선의 사상임을 알 수 있다. 선이라는 이름은 산스크리트어 디야나(dhyana)에서 유래된 말로 명상을 의미하며, 거룩한 명상은 완전한 깨달음을 가져다준다고 알려져 있다. 명상은 육바라밀 중 하나인 선정으로, 이를 통해 깨달음에 이를 수 있다. 선종에서 주장하는 바에 따르면 석가모니는 말년의 가르침에서 이 방법을 특히 강조했으며, 그의 수제자인 가섭에게 이 법칙을 전했다고 한다. 전통에 따라 선의 시조인 가섭은 이 심오한 법칙을 아난에게 전했고, 아난은 다시 후대의 조사들에게

---

* 노자 『도덕경』 15장에 나오는 문장으로, 원문은 다음과 같다. "豫兮若冬涉川, 猶兮若畏四鄰, 儼兮其若客, 渙兮若冰之將釋, 敦兮其若樸, 曠兮其若谷, 混兮其若濁"

차례로 전수해 훗날 28대 조사인 보리달마에까지 이르게 되었다. 보리달마는 6세기 초 중국의 북부 지역으로 건너와 중국 선종의 시조가 되었다. 전승의 과정이나 인물, 교리 등에 대해서는 명확하지 않은 부분들이 많다. 철학적인 면에서 초기의 선은, 인도 나가르주나*의 부정론이나 상카라**가 체계화한 철학과 밀접한 연관이 있다. 오늘날 우리가 알고 있는 선의 교리는 중국 남부 지역에서 발달한 남종선의 시조인 제6조 혜능(惠能, 637~713)의 가르침에서 시작되었다. 그의 뒤를 이은 마조(馬祖, ?~788)는 선의 사상을 통해 중국인의 삶에 활기를 불어넣었다. 마조의 제자인 백장(百丈, 719~814)은 최초로 선원을 세웠고, 이를 관리하기 위해 일상적 규범과 규칙인 청규를 제정했다. 마조 이후의 선종은 자연주의 사상이 강했던 양쯔강 학파의 영향을 받아 기존의 인도 이상주의와는 대비되는 토착적인 사유 방식이 더욱더 강

---

* 나가르주나(Nagarjuna): 대승불교의 교리를 체계화하는 데 크게 기여한 인도의 승려. 한국, 중국, 일본 등 동북아시아 지역에서는 용수(龍樹)라는 이름으로 불리는데, 이는 산스크리트어로 용(龍)을 뜻하는 나가(naga)와 나무(樹)를 뜻하는 아가르주나(agarjuna)를 한자로 옮겨 표기한 것이다.

** 상카라(Sankara): 인도 철학의 주류인 베단타 학파를 창시한 철학자.

해졌다. 이러한 변화에 동조하지 않는 사람이라도 남종선이 노자나 청담가들의 가르침과 매우 유사하다는 사실은 부정할 수 없을 것이다.『도덕경』에는 자아에 대한 집중의 중요성과 적절한 호흡 조절의 필요성이 이미 언급되어 있는데, 이는 참선 수행에 필수 불가결한 요소다.『도덕경』을 가장 훌륭하게 설명한 해설서들 역시 바로 선종 학자들이 집필한 것이다.

선종은 도교와 마찬가지로 상대성의 가치를 중시한다. 어떤 선사는 남쪽 하늘에서 북극성을 발견하는 것이 선이라고 정의했는데, 이는 우주 만물에 내재한 상대성을 이해할 때 비로소 진리에 도달할 수 있다는 것이다. 다시 말하면, 도교와 선종 모두 철저한 개인주의를 주창하고 있으며, 우리 자신의 마음을 움직이는 것 이외에는 그 어떤 것도 실재가 아니라고 주장한다.

어느 날 혜능이 바람 속에서 펄럭이는 깃발을 두고 논쟁을 벌이고 있는 두 승려를 보았다. 한 승려가 말했다.

"움직이는 것은 바람이라네."

그러자 다른 승려는 이렇게 받아쳤다.

"움직이는 건 깃발이야."

이를 지켜보던 혜능은 그들에게 이렇게 말했다.

"정말로 움직이는 것은 바람도 아니고 깃발도 아니오. 움직이는 것은 오로지 그대들 마음뿐이라네."

백장이 한 제자와 숲속을 걷고 있었는데 토끼 한 마리가 껑충껑충 그들 앞을 지나갔다. 백장이 물었다.

"토끼가 왜 자네를 보고 달아나는가?"

제자가 대답했다.

"저를 두려워하기 때문이 아니겠습니까?"

그러자 백장이 말했다.

"아니네! 자네에게서 살생의 기운이 느껴지기 때문이네."

이들의 대화는 도가에서 흔히 이야기하는 '장자의 일화'를 떠올리게 한다.

어느 날 장자는 벗과 함께 강둑을 거닐다가 이렇게 말했다.

"물고기들이 물속에서 즐겁게 놀고 있구나!"

같은 원리가 예술에도 적용된다.
말하는 대신 무언가 여지를 남겨두는
암시의 가치는
보는 사람에게 그 생각을 완성할 기회를
부여한다는 점에 있다.
그리하여 위대한 걸작은
감상하는 사람이
실제로 작품 속의 일부가 된 듯한 느낌에
사로잡히게 한다.
감상자는 작품의 비어 있는 부분을 통해
직접 그 속으로 들어가
자신만의 예술적 감성으로
작품을 완성한다.

선종은 도교와 마찬가지로
상대성의 가치를 중시한다.
어떤 선사는 남쪽 하늘에서
북극성을 발견하는 것이
선이라고 정의했는데,
이는 우주 만물에 내재한
상대성을 이해할 때 비로소
진리에 도달할 수 있다는 것이다.

그러자 벗이 말했다.

"자네는 물고기가 아니거늘 물고기가 즐겁게 노는 줄 어떻게 아는가?"

이에 장자가 이렇게 되물었다.

"자네는 내가 아니거늘 물고기가 즐겁게 노는 줄 내가 모른다는 사실을 어찌 아는가?"

도교가 유교와 상반된 관점을 보이는 것처럼 선도 정통 불교의 가르침과 종종 대립하는 경우가 많다. 직관적인 통찰을 강조하는 선의 입장에서 언어는 사유의 방해가 될 뿐이며, 불교의 수많은 경전도 개인의 깨달음에 대한 기록에 불과하다고 여기기 때문이다. 선을 수행하는 자들은 사물 내면의 본성과 직접 마주하기를 원하며 그 외부에 있는 것들은 진리에 도달하는 것을 방해하는 장애물로 간주한다. 고전 불교의 정교한 채색화보다 흑과 백의 소박한 수묵화를 더 선호하는 것은, 바로 선의 이러한 추상적인 성향 때문이다. 어떤 선사들은 우상이나 상징을 통해서가 아니라 자기 내면의 부처를 직접 대면하고자 노력하

였고, 이 결과 우상파괴 주의자가 되기도 했다.

어느 추운 겨울날, 단하 화상은 불을 피우기 위해 나무로 만든 불상을 부수었다. 그것을 보고 소스라치게 놀란 주지 스님이 소리쳤다.

"자네, 어찌 부처를 모독하는가!"

단하 화상은 태연하게 대답했다.

"불상을 태워 사리를 얻으려고 합니다."

화가 난 주지가 말했다.

"이 불상에서 사리를 얻을 수는 없지 않은가?"

그러자 단하 화상이 말했다.

"사리가 나오지 않는다면 이것은 분명 부처가 아닐 것입니다. 그렇다면 부처를 모독하는 일도 아니겠지요."

그러고는 다시 불을 지피기 시작했다.

동양에서 천한 것과 숭고한 것이 똑같이 가치가 있다고 여기는 사상은 바로 선의 영향이 크다. 모든 사물은 상대적인 관점에서 보면 크고 작음의 구별이 없고, 하나의 원자도 우주와 같

은 가능성을 품고 있기 때문이다. 완전함을 추구하는 사람이라면 반드시 자신의 사소한 일상 속에서 내면의 빛을 찾아내고자 힘써야 한다. 이러한 점에서 선원의 조직은 매우 중요한 의미를 지닌다. 큰스님을 제외한 모든 선사에게는 선원을 가꾸기 위한 특별한 일들이 배정되었다. 재미있는 사실은 초심자에게는 비교적 쉬운 일이 배정되었지만, 덕이 높고 존경받는 스님에게는 훨씬 귀찮고 천한 일이 맡겨졌다는 사실이다. 이러한 봉사는 그 자체로 이미 수행의 과정이며, 모든 일상적인 행위는 지극히 완벽하게 수행되어야만 했다. 마당의 풀을 뽑거나 무를 다듬으면서, 또는 차를 마시는 동안에도 진지한 문답들이 수없이 오고 갔다. 다도에서 추구하는 이상은 바로, 위대한 진리는 일상의 사소한 것들 속에 깃들어 있다는 이러한 선 사상에서 비롯된 것이다. 도교가 아름다움이라는 이상의 기초를 마련했다면, 선 사상은 그것을 현실에 뿌리내리도록 만들었다.

동양에서 천한 것과 숭고한 것이
똑같이 가치가 있다고 여기는 사상은
바로 선의 영향이 크다.
모든 사물은 상대적인 관점에서 보면
크고 작음의 구별이 없고,
하나의 원자도 우주와 같은
가능성을 품고 있기 때문이다.
완전함을 추구하는 사람이라면 반드시
자신의 사소한 일상 속에서
내면의 빛을 찾아내고자 힘써야 한다.

마당의 풀을 뽑거나 무를 다듬으면서,
또는 차를 마시는 동안에도
진지한 문답들이 수없이 오고 갔다.
다도에서 추구하는 이상은 바로
위대한 진리는 일상의 사소한 것들 속에
깃들어 있다는 이러한 선 사상에서
비롯된 것이다.
도교가 아름다움이라는
이상의 기초를 마련했다면,
선 사상은 그것을
현실에 뿌리내리도록 만들었다.

제4장 다실

돌과 벽돌을 사용한 웅장한 건축물들을 보고 자란 유럽의 건축가들은 나무와 대나무로 지은 일본의 집을 보고 건축으로서의 가치가 없다고 생각할지 모른다. 서양의 어느 유명 건축 연구가가 일본 대사찰의 뛰어난 완성미에 감탄과 찬사를 보낸 것은 매우 최근의 일이다. 최고의 건축물에 대해서도 그러한 실정이니, 서양의 건축물과는 완전히 다른 다실의 그 미묘한 아름다움이나 건축 원리, 장식 등의 가치를 외국인이 충분히 이해하리라고 기대하기는 어렵다.

외관으로만 보면 다실(스키야*)은 그저 짚을 얹은 작은 오두막에 지나지 않는다. 표의문자인 스키야는 원래 '풍류의 집'이라는 뜻이다. 이후 차의 장인들이 다실에 대한 자신의 관념과 이상에 따라 여러 가지 한자로 바꾸어 씀으로써 스키야라는 말은 '텅 빈 집' 또는 '불균형의 집' 등을 뜻하기도 했다. 다실은 시적인 감수성을 채우기 위해 임시로 지은 집이라는 뜻에서는 '풍류의 집'이고, 순간의 심미적 감수성을 충족시킬 만한 몇몇 물건 외에 다른 어떤 장식도 하지 않는다는 점에서는 '텅 빈 집'이다. 또한 불완전함을 숭상하는 마음으로 어떤 것을 일부러 미완성의 상태로 남겨둔 채 상상력을 통해 끊임없이 그것을 완성하고자 한다는 의미에서는 '불균형의 집'이다. 다도에 깃든 정신은 16세기 이후 일본의 건축에 지대한 영향을 미쳤고, 이로 인해 오늘날의 일반적인 일본 가옥의 내부 장식도 극도로 단순해지고 간결해졌다. 많은 외국인이 이러한 일본의 가옥을 보고 초라해 보인다고 생각한다.

＊ 스키야(數寄屋): '스키'는 다도나 와카(和歌) 등의 풍류를 즐기는 것을 의미하며, '스키야'는 본래 다실 풍의 건물을 가리키는 말이었으나, 지금은 다실과 같은 의미로 사용되고 있다.

처음으로 독립된 다실을 지은 사람은 센노 소에키*로, 훗날 센노 리큐라는 이름으로 널리 알려진 일본 다도를 대표하는 위대한 다인이다. 그는 16세기에 도요토미 히데요시의 후원 아래 차노유의 형식을 가장 완성된 형태로 끌어올렸다. 다실의 규모는 15세기의 유명한 다인 다케노 조오가 일찍이 정해놓았다. 초기의 다실은 응접실 일부를 병풍으로 막아 공간을 만들어 그곳에서 다회를 열고 차를 마셨다. 이렇게 만든 공간을 '카코이**'라고 하는데, 지금도 건물 안에 독립되어 있지 않은 다실을 일컬을 때 여전히 이 단어를 사용한다.

다실의 구조를 살펴보면, 먼저 "그레이스 여신보다는 많고 뮤즈의 여신보다는 적다"***라는 표현에 알맞게 다섯 명 정도가 들어갈 수 있도록 설계된 본채와 차 도구들을 다실에 들이기

---

* 센노 소에키(千宗易, 1522~1591): 일본 전국시대의 다인으로, 참선을 중시하는 '와비차'를 정립하고 완성한 인물이다. 센노 리큐(千利休)라는 존칭으로 불리며 차의 성인으로 추앙받고 있다.

** 카코이(囲い): 울타리를 두른 곳.

*** 그레이스 여신은 아름다움, 우아함, 기쁨을 상징하는 세 명이고, 뮤즈의 여신은 학예, 시가, 음악, 무용 등을 관장하는 아홉 명이다.

전에 씻고 정돈하는 공간이 미즈야, 본채로 들어가기 전 손님들이 기다리는 장소인 마치아이, 본채와 마치아이를 연결하는 정원인 노지 등으로 이루어져 있다.

외관상 다실은 그리 특별한 점이 없다. 그 규모는 일본의 아주 작은 가정집보다도 작고, 다실에 사용되는 건축 재료 역시 청빈함을 떠올리게 할 정도로 소박하다. 하지만 우리가 기억해야 하는 것은 이 모든 것이 심오한 예술적 통찰의 결과이며, 아주 세세한 부분에 이르기까지 거대한 궁궐이나 사원을 지을 때보다 훨씬 더 세심한 주의를 기울여 지어졌다는 사실이다. 훌륭한 다실을 짓기 위해서는 일반적인 저택을 지을 때보다 더 큰 비용이 들어가는데, 이는 좋은 건축 재료를 선택하기 위해 세심한 주의를 기울여야 함은 물론이고 뛰어난 건축 장인이 필요하기 때문이다. 실제로 다실을 짓고자 하는 다인이 건축을 의뢰하는 목수들은 장인들 가운데서도 개성 있고 명성이 뛰어난 건축 장인에 속한다. 그들의 작업에는 칠기 공예 못지않은 정밀함이 요구되기 때문이다.

처음으로 독립된 다실을 지은 사람은
센노 소에키로, 훗날 센노 리큐라는
이름으로 널리 알려진 일본 다도를
대표하는 위대한 다인이다.
그는 16세기에 도요토미 히데요시의
후원 아래 차노유의 형식을 가장
완성된 형태로 끌어올렸다.

외관상 다실은 그리 특별한 점이 없다.
그 규모는 일본의 아주 작은 가정집보다도
작고, 다실에 사용되는 건축 재료 역시
청빈함을 떠올리게 할 정도로 소박하다.
하지만 우리가 기억해야 하는 것은
이 모든 것이 심오한 예술적 통찰의 결과이며,
아주 세세한 부분에 이르기까지
거대한 궁궐이나 사원을 지을 때보다
훨씬 더 세심한 주의를 기울여 지어졌다는
사실이다.

다실은 서양의 그 어떤 건축 경향과도 다를 뿐만 아니라 일본의 전통 양식과도 큰 차이가 있다. 일본의 전통 건축물은 그것이 일반 가옥이든 종교적 건물이든 대체로 그 웅장한 규모로 보는 이를 압도하는 면이 있었다. 수 세기가 흐르는 동안 참혹한 대화재 속에서도 살아남은 몇몇 건물들은 여전히 웅장함과 화려한 장식으로 보는 이들을 압도하고 있다. 지름 1m, 높이 10m 전후에 달하는 거대한 기둥이 정교한 짜임새를 자랑하는 내부 구조를 지탱하고 있으며, 웅장한 대들보는 비스듬하게 얹어진 기와지붕의 육중한 무게를 견뎌내고 있다. 이러한 건축 재료와 공법은 화재에는 취약할 수 있지만, 지진에는 강하다는 사실이 증명되었고 일본의 기후 조건에도 적합했다. 호류지의 금당과 야쿠시지의 탑은 일본의 목조 건축이 얼마나 내구성이 강한지를 보여주는 대표적인 예로, 이 건축물들은 거의 12세기 동안 파손되지 않고 굳건하게 제자리를 지키고 있다. 오래된 궁궐이나 절의 내부는 화려하게 장식되어 있다. 10세기에 건립된 우지의 봉황당에서는 지금도 벽화의 흔적은 물론, 거울과 자개를 박아 넣어 화려하게 장식한 금빛 닫집*을 볼 수 있다. 그 이후에 지어진 닛코나 교토의 니조성에서는 아라비아나 무어 양식에서 볼 수 있는 화려한 색채와 정교한 세공이 강조된 수많은 장식 때문에 건물의 구조적인 아름다움이 묻혀버리는 경우도 종종 볼 수 있다.

선원이 경쟁적으로 늘어나면서 다실은 점점 순수함과 소박함을 지향하게 되었다. 불교의 다른 종파와는 달리 선원은 단지 승려들이 머무는 곳을 의미할 뿐이었다. 법당은 예불이나 참배를 위한 공간이 아니라 수행자들이 토론하기 위해 모이거나 명상을 하는 도량이었다. 그 방에 있는 것이라고는 벽 중앙에 오목하게 패인 벽감뿐인데, 불단 뒤에 있는 이 벽감에는 선종의 시조인 달마상이나 초기 선사인 가섭과 아난을 거느린 석가모니의 조각상만이 놓여 있다. 불단에는 이들이 선종에 공헌한 업적을 기리기 위해 꽃과 향이 바쳐진다. 이미 앞에서 언급한 바

---

* 닫집: 불단이나 어좌 위에 목조건물의 처마구조물처럼 만든 조형물.

와 같이 선승들이 달마상 앞에서 한 사발의 차를 나누어 마시는 의식이 바로 차노유의 토대가 된 것이다. 여기서 한 가지 더 덧붙이고 싶은 것은 일본의 주택에는 바닥을 한 단 높여서 꽃이나 그림을 놓아두고 손님들이 감상할 수 있도록 만들어놓은 도코노마라는 공간이 있는데, 이 도코노마의 원형이 바로 선원은 불단이라는 사실이다.

일본의 위대한 다인들은 모두 선 수행자였으며, 그들은 선의 정신을 일상의 삶 속으로 끌어들이기 위해 노력했다. 따라서 다도에서 사용되는 다른 도구들과 마찬가지로 다실 역시 선의 사상이 많이 반영되어 있다. 일반적인 다실의 크기는 다다미 넉 장 반 정도의 크기로, 가로와 세로 각각 3미터 정도 된다. 이는 『유마경』의 한 구절에서 비롯된 것으로, 이 경전에는 유마가 문수보살과 8만 4천 명의 부처의 제자들을 이 정도 크기의 작은 방에서 맞이했다는 내용이 나온다. 이 이야기는 진정한 깨달음을 얻은 자에게는 공간의 실체가 존재하지 않는다는 '일체개공' 이론에 바탕을 둔 일종의 비유인 셈이다.

일본의 위대한 다인들은
모두 선 수행자였으며,
그들은 선의 정신을
일상의 삶 속으로
끌어들이기 위해 노력했다.
따라서 다도에서 사용되는
다른 도구들과 마찬가지로
다실 역시 선의 사상이
많이 반영되어 있다.

다실의 본체와 마치아이를 이어주는 정원인 노지는 명상의 첫 번째 단계인 '자신을 비추는 길'을 의미한다. 노지를 통해 방문객은 잠시나마 바깥 세계와 단절되어 다실이라는 공간 속에서 온전한 미적 즐거움을 만끽하게 되고, 평소와는 다른 신선한 느낌을 받게 된다. 상록수의 푸르름이 안개처럼 자욱한 뜰 가운데, 나무 아래 소복하게 쌓여 있는 솔잎과 이끼 낀 석등 옆을 지나 무심한 듯 조화롭게 놓여 있는 디딤돌 위를 천천히 걷는다. 이 길을 걸어본 적이 있는 사람이라면 누구나 일상적인 생각들이 더 높은 차원의 정신적 사고로 고양되는 느낌을 받은 경험이 있을 것이다. 비록 그곳이 도시 한복판이라고 해도 문명의 소음과 먼지로부터 아주 멀리 떨어진 숲속에 와 있는 느낌을 받을 수 있다. 이러한 고요함과 마음이 정화되는 효과를 느낄 수 있도록 다실을 만들었다는 데에 바로 다인들의 위대함이 있다. 노지를 걸으며 마음속에서 일어나는 심상들은 사람마다 다르다. 철저하게 고요함을 즐긴 리큐는 노지를 만드는 비밀이 옛 노래 속에 담겨 있다고 말했다.

주변을 둘러보니

꽃도 지고 단풍 지고

바닷가 낡은 초막

해 저무는 가을 황혼

또한, 17세기 일본 최고의 유명 정원사이자 다인이었던 코보리 엔슈는 아래의 시에서 노지 설계에 대한 영감을 얻었다고 말했다.

달 밝은 여름밤

나뭇가지 사이로

바다 한 조각

그가 느낀 감정을 짐작해보는 것은 그다지 어렵지 않다. 과거의 덧없는 꿈속에서 여전히 헤매고 있지만, 영혼을 적시는 감미로운 빛에 취해 저 바다 너머 어디엔가 드넓게 펼쳐진 자유를 갈망하며 매일 새롭게 깨어나기를 바라는 마음을 표현하고자 했을 것이다.

  노지를 걸으며 마음의 준비가 끝난 손님은 조용히 다실의 본채로 향하는데, 만일 그 손님이 무사라면 자신의 칼을 처마 밑 선반에 걸어두어야 한다. 다실은 지극히 평화로운 곳이기 때문이다. 그러고는 몸을 낮게 숙여 높이가 1미터도 채 되지 않는 니지리구치라는 작은 문을 통해 방으로 기어서 들어간다. 이는 신분의 높고 낮음과 상관없이 모든 손님이 따라야 하는 것으로, 이러한 행위를 통해 겸손을 가르치기 위한 것이다. 다실에 들어가는 순서는 마치아이에서 기다리는 동안 서로 합의를 통해 정해지며, 손님들은 한 사람씩 소리 없이 들어가서 자신의 자리에 앉은 후, 먼저 도코노마에 걸린 그림이나 그 아래에 꽂혀 있는 꽃에 예를 표한다. 주인은 모든 손님이 각자 자리에 앉고 탕관 속 물이 끓는 소리 외에는 그 어떤 소리도 나지 않을 때까지 다실에 들어가지 않는다. 물이 끓으면서 탕관은 아름다운 소리를 내기 시작한다. 바닥에 배열된 작은 쇳조각이 달그락거리며 특별한 선율을 내도록 만들어져 있기 때문이다. 그 소리는 마치 구름에 싸인 폭포의 우렁찬 메아리와도 같고, 바위에 부서지는 먼바다의 파도 소리 같기도 하며, 또는 대나무숲을 휩쓸고 지나가는 폭풍우 소리 같기도 하고, 아득히 먼 언덕 위에 서 있는 소나무의 한숨 소리 같기도 하다.

대낮에도 다실 안의 빛은 은은하다. 이는 지붕의 처마가 비스듬하고 낮게 드리워져 있어서 햇빛이 많이 들지 않기 때문이기도 하고, 천정에서 마루까지 모든 것들이 차분하고 은은한 색조로 이루어져 있기 때문이다. 손님들 역시 색이 화려하지 않은 옷을 신중하게 골라 입는다. 세월의 원숙함이 느껴지는 물건들이 조화롭게 놓여 있고, 찻수건을 제외한 새 물건은 모두 사용이 금지된다. 찻솔과 티끌 한 점 없이 희고 깨끗한 새 찻수건이 뚜렷한 대비를 이룬다. 다실과 차 도구는 아무리 색이 바랜 듯 보여도 모든 것은 완벽할 정도로 청결하다. 다실의 가장 어두운 구석에서조차 티끌 한 점 찾아볼 수 없는데, 만약 조금이라도 있다면 그 사람은 다인이라 할 수 없다. 다인이 갖추어야 할 첫

주변을 둘러보니
꽃도 지고 단풍 지고
바닷가 낡은 초막
해 저무는 가을 황혼

다인이 갖추어야 할
첫 번째 필수 덕목은
바로 쓸고 치우고 닦는 방법을
터득하는 것으로,
여기에도 기술이 필요하다.

번째 필수 덕목은 바로 쓸고 치우고 닦는 방법을 터득하는 것으로, 여기에도 기술이 필요하다. 금속 골동품은 네덜란드의 주부처럼 무턱대고 닦아서는 안 되며, 꽃병에 맺혀 떨어지는 물방울은 이슬을 연상시켜 상쾌한 느낌을 주므로 닦아낼 필요가 없다.

이와 관련해 다인들이 생각하는 청결함이 어떤 것인지를 잘 보여주는 일화 하나가 있다. 리큐는 아들 쇼안이 노지를 쓸고 물을 뿌리는 모습을 지켜보고 있었다. 쇼안이 청소를 마치자 리큐는,

"아직 깨끗하지 않아."

이렇게 말하고는 청소를 다시 하게 했다. 아들은 묵묵히 한 시간 더 청소를 한 다음 아버지에게 말했다.

"아버지, 이제 더는 할 일이 없습니다. 디딤돌은 세 번이나 씻었고, 석등이나 나무에도 충분히 물을 주어 이끼들도 파릇파릇 초록색 생기가 돌고 있습니다. 땅 위는 나뭇가지나 이파리 하나 없이 깨끗합니다."

그러자 리큐가 이렇게 말하며 아들을 꾸짖었다.

"이 어리석은 놈! 노지는 그렇게 청소하는 것이 아니야!"

그러고는 직접 노지로 걸어가더니 나무를 잡아 흔들었다. 그러자 황금빛, 빨간빛 비단 조각처럼 곱게 물든 가을의 단풍잎들이 정원 바닥으로 우수수 떨어졌다. 리큐가 추구한 것은 단순히 공간을 깨끗하게 치우는 것이 아니라 아름다움과 자연 그 자체였던 것이다.

'풍류의 집'이라는 이름에는 다실은 그것을 짓는 한 개인의 예술적 취향에 따라 달리 만들어진다는 의미가 담겨 있다. 다실은 다인을 위해 만들어지는 것이지 다인이 다실을 위해 있는 것이 아니다. 또한 영구히 보존해 후손에게 물려줄 생각으로 만드는 것도 아니므로 지나치게 견고할 필요도 없다. 모든 사람이 각자 독립된 집을 가져야 한다는 생각은 고대부터 내려오는 일본인의 관습에서 비롯된 것으로, 일본의 토착 종교인 신도의 미신에는 집의 가장이 죽으면 그 집을 비워야 한다는 규정도 있었다. 아마도 당시에는 미처 깨닫지 못했지만, 위생상의 이유도 이러한 관습의 원인이 되었을지 모른다. 또한 새로 지은 집에는 결혼한 부부를 들여야 한다는 관습도 있었다고 한다. 고대 왕국의 수도를 자주 옮긴 것도 이러한 관습 때문이었을 것이다. 일본 신사의 중심적 존재인 이세신궁을 20년마다 터를 옮겨 다시 짓는 것 또한 이러한 관습이 오늘날까지 이어져 내려오는 하나의 예라고 할 수 있다. 이와 같은 관습과 전통을 지킬 수 있는 것은 쉽게 헐어버리고 쉽게 다시 지을 수 있는 목조 건축 방식을 사용한 건축물에만 가능하다. 오래 보존하기 위해 벽돌과 돌을 사용해 지은 건축물은 쉽게 옮길 수 없는데, 나라 시대 이후 중국의 견고하고 육중한 목조 건축 양식이 전해지면서부터 건물의 이동은 불가능해졌다.

그러다가 15세기 선의 개인주의적 사상이 널리 퍼지면서 다실과 관련한 심오한 사상도 사람들의 의식 속에 점점 스며들었다. 일체무상의 사상이 전파되고 정신이 물질을 지배해야 한다는 불교의 사상이 진리로 받아들여지면서 선종에서는 집이란 그저 잠시 몸을 눕히고 쉬기 위한 거처로만 생각했다. 집이라는 존재는 그저 황량한 벌판에 서 있는 오두막에 불과하며, 비와 이슬을 피하려고 주위에 자라난 풀들을 엮어 만든 누추한 거처일 뿐이다. 세월이 흘러 서로 엮여 있던 풀들이 풀려버리고 나면 집은 다시금 원래의 황량한 벌판으로 되돌아간다. 이 때문에 우리는 다실에 앉아 짚으로 엮은 지붕을 보며 인생의 덧없음을 깨닫고, 얇은 기둥을 통해 인간의 나약함을 느끼며, 대나무 받침대에서 존재의 가벼움을, 평범한 재료들을 통해 무심함의 평정심을 배운다. 영원이란 이토록 평범한 일상에 존재하는 단순함 속에서 찾을 수 있으며 이를 통해 우리의 삶은 은은한 빛을 내며 아름답게 반짝인다.

한 개인의 취향에 따라 다실이 만들어지는 과정은 마치 작가가 자신의 예술적 이상을 작품으로 표현하는 원리와도 같다. 예술이 충분한 감동을 주기 위해서는 동시대를 사는 사람들의 삶과 일치해 충분한 공감을 끌어내야 한다. 후세의 요구를 무시해야 한다는 말이 아니라 현재의 순간을 더 즐겨야 한다는 것이며, 과거에 만들어진 것들을 소홀히 여기라는 말이 아니라 그것들을 우리의 의식 속에 동화시키려는 노력이 필요하다는 의미

리큐가 추구한 것은 단순히
공간을 깨끗하게 치우는 것이 아니라
아름다움과 자연 그 자체였던 것이다.

다. 전통과 형식에 얽매이면 그것이 족쇄가 되어 개성 있는 건축물을 만들기 어려워진다. 오늘날 일본 여기저기에서 보이는 아무 생각 없이 지어진 유럽풍의 건물들을 보고 있노라면 눈물밖에 나오지 않는다. 가장 진보적이라는 서양 국가들의 건축물들은 어째서 그렇게 독창적이지 못하고 고루한 양식을 반복하고만 있는지 알 수 없다. 어쩌면 우리는 예술의 민주주의 시대에 살고 있지만, 한 편으로는 새로운 시대를 창조할 위대한 지배자가 나타나기를 기다리고 있는지도 모른다. 옛것을 더욱 아끼고 사랑하되 모방은 줄여야 한다. 그리스인들의 위대함은 전통을 그대로 답습하지 않고 새롭게 창조해냈다는 사실에 있다.

'텅 빈 집'이라는 표현은 만물을 포용하는 도교의 이상을 드러낼 뿐만 아니라, 장식의 의도는 끊임없이 변할 필요가 있다는 관념을 내포하기도 한다. 다실에는 심미적 감성을 만족시키기 위한 물건만을 잠시 가져다 놓을 뿐, 완전히 텅 비어 있다. 상황에 따라서 특별한 예술작품을 들여놓기도 하는데, 그 외에는 모두 주제와 어울리며 그 아름다움을 더욱 강조할 수 있는 것

들로 세심하게 선택되고 배열된다. 우리가 여러 가지 음악을 동시에 감상할 수 없는 것과 마찬가지로, 아름다움을 감상하는 일 역시 핵심이 되는 주제에 집중했을 때 비로소 진정한 아름다움을 느낄 수 있다. 따라서 다실을 꾸미는 일은 집 안을 박물관처럼 장식하는 서구의 방식과는 확연히 다르다. 장식을 간결하게 하고 끊임없이 변화를 주는 일본의 방식과 비교해볼 때 그림이나 조각, 골동품 등을 집 안 가득 채워두고 한없이 방치하는 서양의 장식법은 마치 졸부가 부를 과시하고자 하는 저속한 느낌마저 든다. 단 하나의 작품을 놓고도 항상 새로운 느낌으로 보고 즐기기 위해서는 뛰어난 예술적 감상 능력이 요구된다. 물론, 유럽이나 미국처럼 색채와 형태가 어지럽게 섞여 있는 집에서 평생을 살아야 하는 이들에게도 이러한 능력은 필수적일 것이다.

'불균형의 집'이라는 이름에서는 일본 건축의 장식에 관한 또 다른 의미를 발견할 수 있다. 서양의 비평가들은 종종 일본 예술품에 균형미가 부족하다고 지적하지만, 실은 이것이야말로

도가 사상의 이상을 선을 통해 표현했기 때문이다. 이원론이 뿌리 깊게 자리 잡은 유교나, 삼존불을 숭상하는 북방 불교 역시 균형미를 중요하게 여겼다. 실제로 중국의 청동기나 당나라 시대, 또는 나라 시대의 불교 미술품들을 연구해보면 균형미를 추구하기 위해 끊임없이 노력했음을 알 수 있다. 일본의 고대 실내 장식도 확실히 대칭과 균형을 중시했다. 그러나 도가와 선에서 말하는 '완전'하다는 개념은 이와 달랐다. 그들이 말하는 철학의 역동성은 완전함 그 자체보다 완전함을 추구하는 과정에 중점을 두었다. 진정한 아름다움이란 불완전함을 완전함으로 바꾸고자 하는 사람의 마음속에서만 발견할 수 있고, 삶과 예술의 원동력은 더 완전해지기 위해 노력하는 그 성장 가능성에 있다. 다실에서는 차를 마시는 손님 한 사람 한 사람의 자신을 완성하고자 하는 노력이 모여, 전체적인 효과를 완성한다. 선이 지배적인 사유 방식이 된 이후로 극동 아시아의 예술은 완전한 것과 반복적인 균형미를 의도적으로 기피하는 분위기가 형성되었는데, 이는 예술이 획일화되면 신선함이 필수인 상상력에는 치명적이라고 생각했기 때문이다. 그래서 그림의 주제도 그림을 감상하는 사람의 자아가 투영되기 쉬운 인물보다는 풍경이나 새, 꽃 등을 더욱 선호하게 되었다. 실제로 우리는 대체로 인물을 그릴 때 지나칠 정도로 있는 그대로 묘사할 뿐, 허영심이나 자기애와 같은 감정은 평범한 표현 그 이상으로 그려내기 어렵다.

  다실에서 우리는 반복되는 것이 있지는 않은지 항상 살펴야 한다. 방을 장식하는 물건들도 색깔이나 형태가 반복되지 않도록 신중하게 선택해야 한다. 만일 꽃꽂이로 다실을 꾸몄다면 꽃이 그려진 그림은 걸지 말아야 한다. 둥근 탕관을 사용한다면 물 주전자는 각이 진 것을 사용해야 한다. 검은 유약을 칠한 찻잔 역시 검은 옻칠을 한 찻통과 함께 사용해서는 안 된다. 도코노마에 꽃병이나 향로를 놓을 때도 한가운데에 두지 않도록 주의를 기울여야 하는데, 이는 공간을 이등분해서는 안 되기 때문이다. 또한, 방 안의 단조로움을 깨기 위해 도코노마의 기둥은 다른 기둥들과는 종류가 다른 나무를 사용해야 한다.

이러한 관점에서 일본의 실내 장식은 벽난로나 선반 위에 물건을 대칭되도록 배열하는 서양의 장식법과는 차이가 있다. 서양에서 집의 내부 장식을 보면 불필요하게 장식이 중복되는 경우가 많다. 한번은 어느 집에서 주인과 대화하고 있는데, 그의 뒤에 걸린 전신 초상화가 나를 뚫어지게 쳐다보고 있는 듯한 느낌 때문에 대화하기 힘들었던 적이 있다. 내가 이야기를 하는 대상이 그 그림인지 아니면 내 앞에 앉아 있는 사람인지 혼란스럽기도 하고, 둘 중 하나는 분명 가짜일 것이라는 묘한 확신까지 생겨났다. 또한 만찬 자리에서 식당 벽에 걸린 수많은 그림에 압도되어 혼자서 소화불량에 걸릴 뻔한 일도 적지 않다. 대체 왜 식당에 사냥터에서 쫓기는 동물 그림을 걸어두거나 정교하게 조각된 물고기나 과일 장식을 놓아두는 것일까? 왜 집안 대대로 내려오는 식기들을 꺼내놓아서, 그것으로 식사를 했던, 지금은 이 세상 사람들이 아닌 이들을 떠올리게 만드는 것일까?

소박한 다실에서 차를 마시는 행위를 통해 우리는 속세를 벗어난 자유로움을 느끼며, 바깥세상의 번민으로부터 완전히 분

리된 진정한 의미의 성스러움을 경험하게 된다. 오직 이러한 곳에서만 우리는 아무 걱정 없이 온전히 나를 내어놓고 아름다움을 숭배할 수 있게 된다. 16세기에 다실은 일본의 통일과 재건을 위해 힘쓴 정치가와 용맹한 무사들에게 잠시나마 휴식을 제공해주는 공간이었다. 17세기에 이르러 도쿠가와 막부의 엄격한 형식주의가 발달한 이후로 다실은 예술 정신이 자유롭게 소통할 수 있는 유일한 장소가 되기도 했다. 위대한 예술작품 앞에서는 영주나 무사, 평민의 차별 없이 모두가 평등했다. 산업이 발달한 오늘날, 오히려 어느 곳에서도 진정한 아름다움을 즐길 줄 아는 마음의 여유를 찾아보기 어렵게 되었다. 그러니 지금이야말로 다실이 필요한 때가 아니겠는가?

진정한 아름다움이란
불완전함을 완전함으로 바꾸고자 하는
사람의 마음속에서만 발견할 수 있고,
삶과 예술의 원동력은
더 완전해지기 위해 노력하는
그 성장 가능성에 있다.
다실에서는 차를 마시는 손님 한 사람
한 사람의 자신을 완성하고자 하는 노력이
모여 전체적인 효과를 완성한다.

소박한 다실에서 차를 마시는
행위를 통해 우리는
속세를 벗어난 자유로움을 느끼며
바깥세상의 번민으로부터
완전히 분리된 진정한 의미의
성스러움을 경험하게 된다.
오직 이러한 곳에서만 우리는
아무 걱정 없이 온전히 나를 내어놓고
아름다움을 숭배할 수 있게 된다.

제 5 장　　예술 감상

'거문고 길들이는 법'이라는 도가의 이야기를 들어보았는가?

　아주 먼 옛날, 중국의 용문 협곡에 숲의 제왕인 오동나무 한 그루가 있었다. 머리가 하늘에 닿을 정도로 높이 솟아 있던 그 나무는 별들과 이야기를 나누고, 땅속 깊이 뻗어 있는 뿌리는 청동빛 똬리를 틀고 깊은 곳에서 잠자고 있는 은빛 용과 단단히 얽혀 있었다. 그런데 위대한 마법사 한 명이 이 나무를 베어 신기한 거문고를 만들었다. 다루기 힘들고 고집스러운 이 거문고는 세상에서 가장 훌륭한 음악가만이 길들일 수 있었는데, 거문고를 연주할 수 있는 이는 아직 나타나지 않았다. 거문고는 오랫

동안 중국의 황제가 간직하고 있었고, 그동안 수많은 악사가 그 신비한 거문고로 아름다운 가락을 연주하기 위해 찾아와 애를 썼지만 모두 허사일 뿐이었다. 악사들의 피나는 노력에도 불구하고 거문고는 그들이 부르는 노래와는 전혀 어울리지 않았고 귀에 거슬리는 거친 소리만을 낼 뿐이었다.

그러던 어느 날, 백아라고 불리는 거문고의 고수가 나타났다. 그는 마치 거친 야생마를 길들이듯 부드러운 손길로 거문고를 어루만지며 가볍게 줄을 튕겼다. 그가 자연과 사계절, 그리고 높은 산과 흐르는 물을 노래하자 거문고 속에 깊이 잠들어 있던 나무의 기억이 되살아났다. 그러자 나뭇가지 사이에서 봄날의 달콤한 숨결이 다시 피어오르기 시작했고, 협곡을 따라 시원하게 쏟아져 내리던 기운찬 폭포는 막 피어나는 꽃봉오리를 향해 춤을 추며 미소를 지어 보였다. 이내 수많은 곤충의 노랫소리와 후드득 떨어지는 빗방울 소리, 뻐꾸기가 구슬피 우는 한여름의 생생한 소리가 꿈결처럼 울려 퍼졌다. 들리는가! 골짜기에 메아리치는 호랑이의 포효소리. 가을이로구나! 쓸쓸한 밤, 서리가 내려앉은 풀잎 위로 날카로운 칼날처럼 서늘하게 내려앉은 달빛. 이제 겨울이 왔구나. 눈보라 휘날리는 허공을 맴도는 백조의 무리와 기쁨에 겨워 나뭇가지를 뒤흔드는 우박의 요란한 소리.

그러고 나서 백야는 곡조를 바꾸어 사랑 노래를 불렀다. 숲은 마치 사랑하는 연인을 생각하며 깊은 상념에 빠진 젊은이처럼 조용히 흔들렸다. 하늘 위로 마치 도도한 아가씨처럼 맑고 깨끗한 구름 한 조각이 흘러가고, 그 뒤로 절망과도 같은 검은 그림자가 땅 위로 길게 드리워졌다. 다시 곡조가 바뀌고 백아는 창칼이 부딪치고 군사들의 말발굽 소리로 뒤얽힌 전쟁을 노래했다. 그러자 거문고는 용문협곡에 휘몰아치는 폭풍우와 번개를 타고 날아오르는 용, 우레와 같은 소리를 내며 산 곳곳을 허물어뜨리는 산사태의 장엄한 굉음을 연주했다. 그의 연주에 크게 감동한 황제는 백아에게 거문고를 다스린 비결이 무엇인지 물었다. 백아가 대답했다.

"폐하! 다른 악사들은 자신들이 부르고 싶은 노래만을 불렀기 때문에 실패한 것입니다. 저는 그저 거문고 스스로가 자신이 부를 노래를 선택하도록 맡겼을 뿐입니다. 그리하여 연주하는 동안 거문고가 저인지 제가 거문고인지 모르는 경지에 이르게 된 것입니다."

　이 이야기를 통해 우리는 예술을 감상하는 것이 얼마나 신비로운 경험인지 알 수 있다. 위대한 예술이란 우리의 고양된 감정 위에서 연주되는 일종의 교향악이다. 진정한 예술은 백아이고, 우리는 용문의 거문고다. 어떤 마법이 우리 안에 잠자고 있던 아름다움에 가 닿게 되면 신기하게도 깊은 곳에 숨겨져 있던 본연의 마음이 잠에서 깨어나서 그 부름에 설렘과 전율로 대답한다. 그럴 때 비로소 우리는 마음과 마음으로 소통하게 되고, 들리지 않던 것에 귀를 기울이고, 눈에 보이지 않던 것을 바라볼 수 있게 된다. 예술의 대가가 우리 자신도 인식하지 못하던 노랫가락을 불러내면, 오랫동안 잊고 지내던 기억들이 전혀 새로운 의미로 되살아난다. 두려움에 억눌렸던 희망과 섣불리 인정할 수 없었던 열망들이 새롭게 피어난다. 우리의 마음은 화가들이 마음껏 자신의 색을 풀어놓는 화폭과도 같다. 그들은 우리

위대한 예술이란
우리의 고양된 감정 위에서 연주되는
일종의 교향악이다.
진정한 예술은 백아이고,
우리는 용문의 거문고다.
어떤 마법이 우리 안에 잠자고 있던
아름다움에 가 닿게 되면
신기하게도 깊은 곳에 숨겨져 있던
본연의 마음이 잠에서 깨어나서
그 부름에 설렘과 전율로 대답한다.
그럴 때 비로소 우리는
마음과 마음으로 소통하게 되고
들리지 않던 것에 귀를 기울이고
눈에 보이지 않던 것을 바라볼 수 있게 된다.

의 감정이라는 물감을 사용하고, 색의 밝고 어두움을 통해 기쁨의 빛과 슬픔의 그림자를 그려낸다. 그렇게 우리는 위대한 예술작품에 의해 존재하고, 예술작품 역시 우리로 인해 존재한다.

예술작품을 감상하기 위해서는 마음의 교감이 이루어져야 하고, 교감을 이루기 위해서는 양보를 통해 서로를 더욱 깊이 이해할 필요가 있다. 예술가는 전달하고자 하는 메시지를 어떻게 전할지 고민해야 하며, 관객은 그것을 받아들일 마음의 자세를 갖추어야 한다. 차의 대가이자 다이묘였던 코보리 엔슈는 이런 말을 남겼다고 한다.

"위대한 그림을 접할 때는 위대한 군주 앞에 나아가듯 하라."

위대한 예술작품을 이해하기 위해서는 작품 앞에서 자신을 낮추고 숨죽인 채 한마디 한마디를 놓치지 않기 위해 경청하며 기다릴 줄 알아야 한다는 의미다. 송나라 시대의 어느 저명한 비평가는 매우 공감이 가는 고백을 한 적이 있다.

"젊은 때에는 내가 좋아하는 그림을 그린 예술가를 칭송했다. 하지만 나이가 들고 작품을 보는 안목이 높아지면서 나를 사로

잡은 예술작품을 좋아하는 나 자신을 더욱 칭찬하게 되었다."

오늘날 위대한 예술가들의 감정을 이해하기 위해 연구하는 사람을 찾아보기 힘든 것은 매우 안타까운 일이다. 이러한 기본적인 예의조차 갖추지 못하게 만드는 완고하고 무지한 습성 때문에 눈앞에 펼쳐져 있는 감동적인 성찬을 놓쳐버리고 만다. 위대한 예술가들은 언제라도 내어줄 준비가 되어 있는데 그것을 받아들일 준비가 되어있지 않아 늘 혼자서 굶주리고 있다.

위대한 작품은 감동할 준비가 되어 있는 사람들에게 살아 있는 실체로 다가오게 되고, 그들 서로 하나가 됨을 느낄 수 있게 해준다. 예술의 대가들은 영원히 죽지 않는다. 그들이 작품을 통해 남긴 사랑과 괴로움이 우리 안에 영원히 살아있기 때문이다. 우리에게 감동을 주는 것은 뛰어난 기교가 아니라 그 안에 담긴 정신이며 기술이 아니라 사람이다. 작가가 전하고자 하는 외침이 인간적일수록 우리는 더욱더 깊이 감동하게 된다. 위대한 작가와 우리 사이에 이러한 암묵적인 법칙이 존재하기 때문에 우리가 시나 소설을 읽으며 작품 속 주인공들과 함께 기뻐하고 함께 괴로워하는 것이다. 일본의 셰익스피어라 불리는 치카마츠 몬자에몽은 극을 쓸 때 가장 중요한 원칙 중 하나로서 관객을 작가의 비밀 속으로 끌어들이는 것이라고 이야기했다. 수많은 제자가 그에게 인정받기 위해 작품을 제출했지만, 그중에서 오직 단 하나의 작품만이 그의 마음을 움직였다고 한다. 그 작품은 쌍둥이 형제를 중심으로 벌어지는 소동을 그린 셰익스피어의 『실수 연발』과 유사한 내용이었다. 치카마츠는 제자에게 이렇게 말했다.

"관객을 우선 고려했다는 점에서 이 작품은 연극의 정신에 부합하네. 관객들은 극 중 배우들보다 더 많은 것들을 알고 있어야 하지. 그래야만 무대 위 주인공들이 아무것도 모른 채 자신의 운명에 끌려가는 것을 보고 동정의 감정을 느끼게 되는 법이니까."

동서양을 막론하고 위대한 예술가들은 관객들을 이야기의 비밀 속으로 끌어들이는 데 암시라는 수단이 얼마나 효과적인지 잘 알고 있었다. 과거의 위대한 걸작들은 언제나 그 엄청난 사유의 깊이에 대해 감탄하게 만들면서도 친숙함과 동질감까지 느끼게 한다. 여기에 비하면, 오늘날의 작품들은 얼마나 시시하고 차가운가! 위대한 걸작들에서는 작가의 깊은 곳에서 우러나오는 따뜻한 마음을 느낄 수 있지만, 오늘날의 평범한 예술작품들에서는 그저 형식적으로 건네는 인사 정도밖에 느낄 수가 없다. 현대인은 자신의 기교에만 몰두한 나머지 자신의 한계를 결코 뛰어넘지 못한다. 마치 용문의 거문고를 가지고 그 어떤 아름다운 가락도 연주하지 못한 채 자기 자신의 노래만 부른 악사들처럼 말이다. 그러한 작품은 차라리 과학이라고 부를 수는 있을지언정 우리가 추구하는 인간 본연의 모습과는 거리가 멀다. 일본의 속담에 이런 말이 있다. "여인은 허영심 많은 남자를 사랑하지 않는다. 그의 마음에는 사랑이 들어갈 틈이 없기 때문이다." 예술도 마찬가지로, 허영심이 들어간 예술작품에는 작품을 만든 예술가도 감상하는 대중도 들어갈 틈을 주지 않아 서로 교감하고 공감할 수 없게 만들어 예술로서의 가치를 잃게 된다.

 예술에서 교감을 통해 정신적 일체감을 느끼는 것은 그 무엇보다 신성한 일이다. 그러한 일체감을 느끼는 순간, 감상자는 자기 자신을 초월해 자신이면서도 또한 자신이 아닌 존재가 된다. 그는 잠시 영겁의 시간 속에 존재하는 찰나를 경험하지만, 눈에는 혀가 없기에 그가 느낀 그 찰나의 기쁨을 어떠한 말로도 표현할 방법이 없다. 그의 정신은 물질의 속박에서 벗어나 사물의 리듬에 따라 흘러가게 된다. 이렇게 종교에 가까워진 예술은 인간을 고귀하게 만든다. 위대한 예술을 더욱 위대하게 만드는 것도 바로 이것이다. 예로부터 일본인들은 위대한 예술가의 작품을 매우 열렬하게 찬양하고 숭배했다. 차의 장인들 역시 자신들이 소중히 여기는 보물을 종교의 성물처럼 여겨 은밀한 감실에 보관했다. 감실은 성스러운 물건을 부드러운 비단으로 싸서 넣어두는 보관함으로, 그 안에 들어있는 물건은 겹겹이 포장된 상자를 모두 열어야만 볼 수가 있었다. 하지만 그 귀한 물건이 외부에 드러나는 경우는 매우 드물었고, 그것을 볼 수 있는 사람은 오직 대가에게 심오한 비법을 전수받은 사람들뿐이었다.

　다도가 숭상을 받던 시절, 전쟁에서 승리한 장수들은 그에 대한 대가로 넓은 땅보다 진귀한 예술작품을 하사받길 원했다. 이

이렇게 종교에 가까워진 예술은
인간을 고귀하게 만든다.
위대한 예술을
더욱 위대하게 만드는 것도
바로 이것이다.
예로부터 일본인들은
위대한 예술가의 작품을
매우 열렬하게 찬양하고 숭배했다.

때문에 일본에서 인기를 얻은 연극 중에는 유명한 예술작품을 잃어버렸다가 되찾는 내용이 많다. 일례로 한 연극을 소개하자면, 셋손이 그린 달마도가 보관되어 있던 호소카와의 저택을 배경으로, 어느 날 이곳을 지키던 무사의 부주의로 저택에 불이 나고 만다. 무사는 보물과도 같은 그 그림을 구하기 위해 위험을 무릅쓰고 불타고 있는 건물 안으로 뛰어 들어가 달마의 족자를 손에 쥐고는 탈출구를 찾는다. 그러나 화염에 휩싸여 빠져나갈 수 있는 길이 그 어디에도 보이지 않았다. 오직 그림을 지켜야 한다는 생각뿐이었던 무사는 옷을 찢어 셋손의 그림을 감싼 뒤 칼로 자신의 몸을 베어 그 속으로 그림을 밀어 넣는다. 마침내 불길이 잡히고 무사는 잿더미 속에서 반쯤 탄 시신으로 발견되었다. 그리고 그의 시신 속에서 불에 타지 않은 셋손의 그림이 발견되었다. 참으로 끔찍한 이야기지만, 주인의 신임을 받던 무사의 충정뿐만 아니라 당시 사람들이 위대한 예술작품에 얼마나 대단한 가치를 두고 소중히 여겼는지를 가늠해볼 수 있다.

그러나 예술의 가치는 작품이 우리에게 건네는 말의 깊이에

따라 달라진다는 사실을 잊어서는 안 된다. 만약 우리가 어떤 작품에서 보편적인 감동을 얻는다고 한다면, 작품이 우리에게 들려주는 것도 보편적인 이야기일 것이다. 하지만 인간은 본래 유한한 존재이고 전통과 관습에 얽매여 있을 뿐만 아니라 유전적으로 보수적인 성향을 물려받아 예술적 아름다움을 느끼고 즐기는 능력이 매우 제한적이다. 때로는 개인적인 취향이 예술 작품을 이해하는 데에 장애가 되기도 하는데, 개인의 미적 취향은 과거의 경험을 바탕으로 자신에게 친근하게 느껴지는 것을 추구하게 되는 경향이 있기 때문이다. 물론 우리는 노력을 통해 예술적 감각을 함양할 수 있고, 이를 통해 이전에는 미처 알지 못했던 아름다움을 새롭게 발견하고 즐길 수도 있다. 그러나 결국 우리는 이 드넓은 우주 안에서 우리 자신의 모습만을 볼 수 있을 뿐이다. 우리 자신의 독특한 취향이 우리의 인식 체계를 지배하기 때문이다. 다인들 역시 자신의 개인적 취향에 따라 엄격하게 선별된 것들만을 수집했다.

이와 관련된 코보리 엔슈의 재미있는 일화가 하나 떠오른다.

엔슈의 제자들은 그가 수집한 예술작품들을 보고는 스승의 훌륭한 안목에 찬사를 보냈다.

"작품 하나하나가 모두 너무 훌륭해서 감탄하지 않을 수 없습니다. 스승님의 안목은 리큐보다 더욱 뛰어나십니다. 리큐의 수집품은 천 명 가운데 한 명 정도밖에 이해할 수 없으니까요."

그러자 엔슈가 한탄하며 말했다.

"이것은 내가 얼마나 평범한 사람인지를 증명해줄 뿐이다. 위대한 리큐는 오직 자신만이 즐길 수 있는 작품을 좋아했지만, 나는 나도 모르게 대중적인 취향을 따라가고 말았어. 과연 리큐는 천 명에 한 명 있을까 말까 하는 위대한 다인이구나!"

정말로 유감스러운 일이지만, 요즘 사람들은 예술에 대해 표면적으로만 열광할 뿐 진정한 감동을 찾으려고 하지 않는다. 민주주의 시대를 살아가는 현대인들은 자신의 감정과는 상관없이 남들이 좋다고 하는 것들을 갖기 위해 애쓴다. 고상한 것보다는 비싼 것, 아름다운 것보다는 유행하는 것을 소유하고자 한다. 어쩌면 대중들에게는 예술적 즐거움을 찾기 위해서 그들

현대인들은
자신의 감정과는 상관없이
남들이 좋다고 하는 것들을
갖기 위해 애쓴다.
고상한 것보다는 비싼 것,
아름다운 것보다는 유행하는 것을
소유하고자 한다.

이 존경해 마지않는 초기 이탈리아나 아시카 시대의 거장들이 남긴 작품들을 감상하는 일보다 산업사회의 산물인 화려한 잡지들을 들여다보는 편이 훨씬 편하고 구미에 맞는 일인지도 모른다. 수 세기 전 중국의 한 비평가가 "대중은 귀로 그림을 감상한다"라고 비판한 것처럼, 대중들에게는 작품의 질보다 예술가의 이름을 더 중요하다. 오늘날 의고전주의*에 대한 혐오 분위기가 확산되고 있는 사실 역시 작품을 제대로 감상하지 못하는 감상력의 결여에서 비롯된 것이다.

또 다른 문제는 예술과 고고학을 혼동하는 사람이 많다는 사실이다. 어떤 것을 숭배하는 행위는 고대로부터 전해 내려오는 인간의 가장 훌륭한 덕목 중 하나로, 우리는 그러한 특성을 통해 자신의 이상을 더욱더 높은 단계로 발전시키기 원한다. 그리고 모든 위대한 예술가들은 인류를 위해 계몽의 발판을 마련했으므로 모두 존경받아 마땅하다. 오랜 세월 동안 무수한 평가

---

* 의고전주의(擬古典主義): 그리스·로마의 고전을 바탕으로 해서 그 정신과 양식을 모방한 17~18세기 유럽의 문예사조.

와 비판 속에서도 살아남아 우리에게 전해져 여전히 찬란하게 빛나고 있다는 그 단순한 사실만으로도 우리의 존경을 받을 가치가 충분하다. 하지만 단지 그들이 견뎌온 오랜 세월만으로 그 업적을 평가한다면 그것은 우리의 심미적 안목을 무시하고 역사적 가치만을 우선시하는 참으로 어리석은 일이 될 것이다. 예술가가 무덤 속에서 평온한 안식을 취할 때 우리는 그들에게 존경의 꽃을 바친다. 19세기에 진화론이 등장하면서 우리는 인류라는 큰 테두리를 중시한 나머지 그 안의 개인을 등한시하는 경향에 익숙해졌다. 수집가들은 한 시대 또는 한 학파를 대변할만한 표본들을 얻기 위해 애를 쓰지만, 오히려 단 하나의 위대한 작품이 평범한 작품 여럿보다 훨씬 더 많은 것을 가르쳐준다는 사실을 잊는다. 우리는 너무 많은 것을 따지고 계산하느라 제대로 즐기는 방법을 모른다. 박물관에서조차 소위 과학적인 전시 방법을 위해 심미적 즐거움을 희생시키는 경우가 많아 오히려 예술 감상에 독이 되고 있다.

    누구든 자신의 삶을 충만하게 가꾸기 위해서는 동시대의 예

술이 이야기하는 것을 결코 간과해서는 안 된다. 오늘날의 예술은 우리 삶에 직간접적으로 관여하고 있으며, 그것은 우리 자신의 반영이기 때문이다. 예술을 비난하는 것은 우리 자신을 비난하는 것과 같다. 사람들이 말하기를 요즘 세상에는 진짜 예술이 없다고들 하는데, 이것은 누구 때문일까? 과거의 예술을 그토록 찬양하면서도 우리 자신의 가능성에 대해서는 조금도 관심을 기울이지 않는 것은 참으로 부끄러운 일이 아닐 수 없다.

차가운 무관심과 멸시 속에서도 세상에 인정받기 위해 고군분투하는 예술가들이여! 이토록 자기중심적인 세태 속에서 우리는 그들에게 어떤 영감을 주고 있는가? 어쩌면 우리의 과거는 우리가 만들어낸 현대의 빈곤한 문명에 동정의 눈길을 보내고, 미래는 우리가 창조한 빈약한 예술작품을 보며 비웃을지도 모른다. 이렇게 우리는 우리의 삶 속에 존재하는 아름다운 것들을 망가뜨리고 예술까지 파괴하고 있다. 오직 위대한 영웅이 나타나 신비한 거문고를 만들어서 이 거대한 문명의 물줄기로부터 아름다운 가락을 이끌어 내주기만을 바랄 뿐이다.

오늘날 의고전주의에 대한
혐오 분위기가 확산되고 있는 사실 역시
작품을 제대로 감상하지 못하는
감상력의 결여에서 비롯된 것이다.

제6장 꽃

어슴푸레 밝아오는 봄날의 싱그러운 새벽녘, 나뭇가지에 앉아 있는 새들이 아름다운 목소리로 지저귀고 있다. 이러한 풍경을 바라보며 당신은 혹시 새들이 서로 꽃들에 관해 이야기를 나누고 있다고 생각해본 적이 있는가? 사람들이 꽃을 감상하기 시작한 것은 사랑의 시를 노래하기 시작한 것과 분명 같은 시기일 것이다. 의식하지 않아도 감미롭고, 말하지 않아도 향기로운 꽃. 여인의 마음을 사로잡는 데 이보다 더 좋은 것을 떠올릴 수 있을까? 원시시대의 사내는 여인에게 꽃다발을 만들어 바침으로써 비로소 짐승과 다를 바 없던 습성을 초월하게 되었다. 야생의 본능을 뛰어넘어 인간이 되었고, 쓸모없는 것들의 미묘한 쓰임새를 깨닫게 되면서 점차 예술에 눈을 뜨게 되었다.

기쁠 때나 슬플 때나 꽃은 우리의 영원한 친구다. 우리는 꽃과 함께 먹고 마시고 노래하며 춤추고 사랑을 표현한다. 결혼식장을 꽃으로 장식하고, 세례를 받을 때도 꽃이 필요하다. 꽃이 없이는 감히 죽을 수도 없다. 백합과 함께 예배하고, 연꽃과 함께 명상하며, 장미와 국화를 달고 전투태세를 갖춘다. 심지어 꽃을 통해 무언의 메시지를 전달한다. 꽃 없이 우리가 어떻게 살 수 있겠는가? 꽃이 존재하지 않는 세상은 상상만으로도 끔찍하다. 꽃이 없으면 병상에 누운 환자를 무엇으로 위로하며 지친 사람들의 어두운 마음을 무엇으로 밝힐 것인가? 귀여운 어린아이를 바라보고 있노라면 잃어버렸던 희망이 되살아나듯, 맑고 밝은 꽃을 바라보고 있노라면 쇠락해가는 이 세상에 대한 기대감이 살아난다. 우리가 한 줌의 흙이 되어 땅속에 묻힐 때, 무덤 앞에서 함께 슬퍼해주는 것도 이들 꽃이다.

한 가지 슬픈 사실은 우리 인간이 아무리 꽃과 벗하며 살아

간다고 해도 아직 동물적인 습성을 벗어던지는 것은 불가능하다는 것이다. 양의 탈을 벗으면 곧 내면 깊숙이 숨겨져 있던 늑대의 본성이 이를 드러낸다. 이런 이야기가 있다. 인간은 열 살에는 짐승이었다가 스무 살에는 미치광이가 되며 서른에는 낙오자, 마흔에는 사기꾼, 쉰에는 죄인이 된다는 것이다. 아마도 인간은 죽을 때까지 짐승의 습성을 완전히 벗어던지지 못하기 때문에 결국 죄인이 되고 마는 것이리라. 인간에게 배고픔보다 더욱 절실한 것은 없고 욕망보다 더 신성한 것은 없다. 신전이나 신사는 우리의 눈앞에서 차례로 사라져갔지만, 최고의 신인 '자기 자신'을 숭배하는 제단만은 영원히 사라지지 않고 남아 있을 것이다. 그 신은 다른 어떤 신보다 위대하고 돈은 그의 예언자이며 우리는 신에게 제물을 바치기 위해 자연을 망가뜨린다. 물질을 정복했다며 으스대지만, 우리 자신이 물질의 노예가 되었다는 사실은 깨닫지 못한다. 문화와 개발이라는 명목으로 우리는 얼마나 잔혹한 일들을 저질렀는가!

별들의 눈물이여! 아침이슬과 햇살을 노래하는 꿀벌에게 고개를 끄덕이며 인사하는 다정한 꽃들이여! 그대들은 과연 그대들을 기다리고 있는 끔찍한 운명을 알고 있는가? 한여름의 부드러운 산들바람에 나부끼며 단꿈에 젖어 있지만, 내일이면 무자비한 손길이 그대의 목을 꺾고 마디를 하나하나 비틀어 평온한 안식처로부터 끌어낼 것이라는 사실 말이다. 그 잔혹한 손길의 주인은 어쩌면 아리따운 여인일지도 모른다. 그녀는 손가락에 그대들의 피를 묻힌 채, "아, 너무 아름다운 꽃이야!"라고 말할지도 모른다. 이것이 애정이란 말인가? 무정한 여인의 머리카락에 꽂히거나, 만일 그대가 사람이었다면 얼굴을 마주하기도 싫은 사람의 단춧구멍 속에 꽂히는 것이 그대들의 운명이라는 말인가? 좁은 꽃병에 갇혀 삶을 마감하는 순간까지 꽃병 속에 고인 탁한 물에 의지해 미칠듯한 갈증을 해소해야 할 수밖에 없는 것이 그대들의 거부할 수 없는 운명일지도 모른다.

 꽃들이여, 만일 그대들이 천황의 정원에 피어 있다고 해도 언젠가는 가위와 정원용 톱으로 무장한 무시무시한 사람과 만나게 될 것이다. 그는 자신을 '꽃의 장인'이라 부르며, 환자를 돌보는 의사처럼 굴 것이다. 의사란 언제나 자신의 희생양인 환자의 고통을 연장할 뿐이어서 그대는 본능적으로 그를 미워하게 될 테지만, 그는 이내 그대를 제멋대로 자르고 구부리고 비틀어서 상상도 하지 못했던 자세로 만들어버릴 것이다. 그는 마치 접골사처럼 그대의 근육과 뼈를 뒤틀어 놓고는 출혈을 막는다며 벌겋게 달아오른 숯불로 지져대고 혈액순환을 돕는다며 철사로 몸속을 쑤셔댈 것이다. 또 영양을 위해 소금과 식초, 백반과 심지어 황산을 맛보게 할 것이다. 만일 그대가 곧 기절할 듯 얼굴이 창백해지기라도 하면 발에 끓는 물을 붓기도 할 것이다. 그는 자신의 의술로 그대의 수명을 2주 이상 연장했다며 자랑스럽게 떠들고 다닐 것이다. 하지만 그대는 그의 손에 처음 붙잡혔을 때 바로 죽임을 당하는 편이 차라리 더 낫다고 생각하지 않겠는가? 도대체 전생에 무슨 죄를 저질렀기에 이생에서 이러한 형벌을 받아야 하는가?

그런데 동양의 꽃꽂이 장인이 꽃을 다루는 방식보다 훨씬 더 섬뜩한 것은 서양에서 꽃을 함부로 낭비하는 일이다. 유럽과 미국의 무도회장이나 연회장을 장식하기 위해 매일 잘려나가고 이튿날 버려지는 꽃의 양은 실로 어마어마하다. 만약 그 꽃들을 한 줄로 늘어놓는다면 대륙 전체를 화환처럼 꾸밀 수도 있을 것이다. 이토록 아무런 생각 없이 꽃의 생명을 경시하는 모습을 보면 꽃꽂이 장인의 죄는 그리 대수롭지 않다고 느껴질 정도다. 동양의 꽃꽂이 장인은 적어도 자연의 훼손을 최소화할 뿐만 아니라 사용할 꽃을 철저하게 선별하며 사용된 꽃이 시든 후에도 그에 예를 표한다. 하지만 서양에서 꽃을 장식하는 것은 부를 과시하기 위한 수단 중 하나로서, 단지 그 순간만을 위한 덧없는 행위에 불과하다. 시끌벅적한 연회가 끝나고 나면 그 꽃들은 모두 어디로 가는가? 시들어버린 꽃이 가차 없이 거름더미에 버려져 있는 모습보다 가엾은 일은 없다.

꽃들을 어째서 그렇게 아름답게 태어났으면서 그토록 불행해지는 것일까? 곤충은 자신이 가진 침으로 적을 공격할 수 있고, 매우 온순한 동물도 절박한 상황에 몰리면 반격을 가한다. 여인들의 모자 장식을 위해 깃털을 뽑힐 위험에 처한 새들도 사냥

꾼들로부터 달아나 멀리 날아갈 수 있으며, 모피 코트를 좋아하는 사람들이 탐낼 만한 부드러운 털을 가진 짐승들은 누군가가 접근하기 무섭게 꽁무니를 빼고 달아난다. 아! 하지만 날개를 가진 꽃은 오직 나비들뿐이어서, 다른 꽃들은 모두 자신을 위협하는 파괴자 앞에서 무력하기 그지없다. 그들이 죽음의 고통 속에서 비명을 질러도 무정한 우리의 귀에는 그들의 울부짖음이 들리지 않는다. 조용히 우리를 위로해주고 사랑해주던 이들에게 잔인하기 짝이 없는 우리는, 그 무자비함 때문에 가장 가까웠던 벗들에게 버림받게 되는 때가 올 것이다. 해가 갈수록 야생화들이 줄어들고 있다는 사실을 알고 있는가? 어쩌면 꽃들 가운데 현명한 누군가가 사람들이 조금 더 사람다워질 때까지 떠나 있으라고 귀띔해주었는지도 모른다. 그래서 그 말을 들은 꽃들이 하늘나라로 피신을 떠난 것이리라.

  화초를 재배하는 사람들은 그나마 훌륭한 편에 속하는데, 그중에서도 분재 화분에 나무를 심고 가꾸는 사람은 가위로 마구 나뭇가지를 쳐내는 사람들에 비하면 훨씬 인간적이라 할 수

사람들이 꽃을 감상하기 시작한 것은
사랑의 시를 노래하기 시작한 것과
분명 같은 시기일 것이다.
의식하지 않아도 감미롭고,
말하지 않아도 향기로운 꽃.
여인의 마음을 사로잡는 데
이보다 더 좋은 것을 떠올릴 수 있을까?

있다. 물과 햇빛을 조절해주고, 해충들을 잡아주고, 서리를 막아주고, 싹이 너무 늦게 트면 걱정해주고, 이파리에서 광택이 돌면 뛸 듯이 기뻐하는 그들의 모습을 보면 누구라도 흐뭇해질 것이다. 동양에서는 아주 오래전부터 화초를 재배했으며, 시인들은 화초와 화초에 대한 자신의 애정을 종종 이야기와 노래 속에 담아 표현했다.

당대와 송대에는 도자기 기술이 발달하면서 화초를 심는 멋진 그릇들이 만들어졌는데, 그중에 어떤 도자기는 단순한 화분을 넘어서서 마치 보석으로 뒤덮인 궁전과 같은 것도 있었다. 각각의 꽃마다 담당 일꾼이 붙어 극진하게 보살폈는데, 그들은 토끼털로 만든 부드러운 붓으로 잎사귀를 닦아주기도 했다. 모란꽃은 아름다운 시녀가 물을 주어야 하고, 겨울 매화는 얼굴빛이 창백하고 몸이 야윈 수도승이 물을 주어야 했다는 기록도 있다. 일본 전통 연극인 노가쿠 중에는 아시카가 시대에 만들어진 '화분의 나무'라는 작품이 있다. 한 가난한 무사가 추운 겨울날 밤에 찾아온 탁발승을 위해 자신이 매우 아끼던 화분의

나무를 베어 땔감으로 썼는데, 알고 보니 그 탁발승이 일본의 하룬 알 라시드(『아라비안나이트』 이야기 속의 주인공)라 할 수 있는 호죠 토키요리였다. 화분의 나무를 희생한 대가로 무사는 큰 보상을 받게 되는데, 이러한 줄거리를 가진 이 연극은 지금도 무대에서 관객들의 눈물샘을 자극하고 있다.

연약한 꽃들을 보호하기 위해 아주 특별한 조치가 취해진 일도 있었다. 당 현종은 새가 날아들어 꽃을 해치지 못하도록 정원의 나뭇가지마다 작은 황금 방울들을 달아놓기도 하고, 봄이 되면 궁중의 악사들을 소집해 꽃들을 기쁘게 만들 아름다운 곡을 연주하도록 했다고 한다. 일본의 스마데라 사원에는 일본판 아더왕 이야기의 주인공이라 할 수 있는 헤이안 시대의 무사 요시츠네가 썼다고 알려진 특이한 명판 하나가 오늘날까지 남아 있다. 진귀한 매화나무 한 그루를 보호하기 위해 세워둔 그 팻말에는 전쟁이 횡행하던 시대의 잔혹함을 풍자한 글귀가 보는 이들의 마음에 묘한 공감을 불러일으킨다. 매화의 아름다움을 노래한 문장 다음에 이러한 글귀가 쓰여있다.

"누구든 가지를 하나 꺾으면 손가락을 하나 베겠노라."

요즘에도 꽃을 함부로 꺾거나 예술작품을 훼손하는 자들을 이처럼 엄한 법으로 다스릴 수는 없는지 생각해본다.

그런데 꽃들을 화분에 심고 가꾸는 것에도 인간의 이기심이 담겨 있다는 사실을 생각하지 않을 수 없다. 왜 산과 들에 피어 있는 화초들을 멀리 옮겨 심어놓고는 낯선 환경 속에서 꽃을 피우라고 강요하는가? 새들을 철창에 가두어놓고 노래하고 짝짓기를 하도록 강요하는 것과 다를 바가 없지 않은가? 온실 속 난초들을 보라! 인공적인 열기에 숨이 턱턱 막히는 온실 속에서 제가 살던 남쪽 하늘을 그리워하며 애태우는 난초의 마음을 그 누가 알겠는가?

꽃을 진정으로 사랑하는 사람은 꽃이 피어 있는 자연으로 찾아가는 사람이다. 이를테면 부서진 대나무 울타리 앞에 앉아서 들국화와 이야기를 나눈 도연명이나 황혼 무렵 매화꽃이 만발한 서호를 거닐다가 그윽한 매화향에 취해 자신을 잊었다는 임화정과 같은 사람 말이다. 혹은 배 안에서 잠을 자다가 자신의 꿈과 연꽃의 꿈이 뒤섞여버렸다고 하는 주무숙도 있다. 나라 시대의 유명인 중 한 명인 코묘 황후가 지은 시에도 이러한 정신이 잘 나타나 있다.

내 그대를 꺾는다면

내 손은 그대를 더럽힐 뿐

오, 꽃이여!

나 그대처럼 벌판에 서서

과거와 현재와 미래의 부처님께

그대를 바치리

하지만 지나치게 감상에 빠지지는 말아야 한다. 감정의 사치에 빠져 있지는 않은지 항상 주의하며 더욱 고상해지기를 꿈꾸고 노력해야 한다. 노자는 "하늘과 땅은 어질지 않다"라고 말했고, 헤이안 시대의 승려 코보 대사는 이렇게 말했다.

<u>흐르고, 흐르고, 흐르고, 흐르노니</u>

삶의 흐름은 멈추지 않는다네

죽고, 죽고, 죽고, 죽노니

죽음은 누구에게나 찾아온다네

어디를 가든 우리는 '파괴'와 마주하게 된다. 그것은 위, 아래, 앞, 뒤를 가리지 않고 모든 곳에 존재한다. 영원한 것은 오직 변화뿐이다. 왜 죽음을 삶처럼 기꺼이 받아들이지 않는가? 브라마의 낮과 밤처럼 삶과 죽음은 동전의 앞뒷면과 같고, 옛것이 사라지면 새것이 생겨나기 마련이다. 우리는 자비를 모르는 '죽음'의 여신을 여러 가지 이름으로 숭배해왔다. 불을 믿는 배화교도들은 타오르는 불 속에서 모든 것을 삼켜버리는 어둠의 그림자를 갈구했고, 고유 종교인 신도의 사상이 깊이 배어 있는 일본인들은 오늘날에도 혼이 담긴 검의 얼음과도 같은 순결함을 중시한다. 그 신비한 불꽃은 우리의 나약함을 태워버리고, 신성한 칼날은 번뇌의 굴레를 베어버린다. 잿더미 속에서 찬란한 희

꽃을 진정으로 사랑하는 사람은
꽃이 피어 있는 자연으로 찾아가는 사람이다.
이를테면 부서진 대나무 울타리 앞에 앉아서
들국화와 이야기를 나눈 도연명이나
황혼 무렵 매화꽃이 만발한 서호를 거닐다가
그윽한 매화향에 취해 자신을 잊었다는
임화정과 같은 사람 말이다.

망의 불사조가 솟아오르고, 번뇌를 벗어던진 자유로부터 더욱 숭고한 인간성이 실현되는 것이다.

꽃을 꺾어 장식하는 것이 세상을 더욱 아름답게 만들고 사람들의 생각을 더욱 고상하게 만들 수 있다면 그만 한 가치가 있지 않을까? 우리는 그저 아름다움을 위한 희생에 동참해달라고 꽃들에게 부탁할 뿐이고, 순결함과 소박함에 헌신하는 행위를 통해 그들에게 속죄를 구할 뿐이다. 이러한 논리를 따라 다인들은 꽃을 숭배하는 의식을 만들어냈다.

차와 꽃의 장인들이 품은 생각을 이해하는 사람이라면 누구나 그들이 종교적 외경심을 가지고 꽃을 대한다는 사실을 알 수 있을 것이다. 그들은 나뭇가지나 줄기 하나도 함부로 자르지 않고, 그들이 마음속으로 생각하고 있는 예술적 구도에 맞게 조심스럽게 다듬는다. 만일 필요 이상으로 자르기라도 하면, 그것을 매우 수치스럽게 생각한다. 또한 그들은 식물의 삶이 지닌 온전한 아름다움을 표현하기 위해 나뭇잎과 꽃이 항상 함께 있도록 신경을 쓴다는 사실 또한 기억해두어야 한다. 다른 분야에서도 마찬가지겠지만, 이러한 사실들만 보아도 동양에서 꽃을 다루는 방법은 서양의 방법과는 사뭇 다르다. 우리는 서양에서 잎과 줄기가 모두 잘려나가 꽃과 꽃자루뿐인, 말하자면 몸통 없이 머리만 있는 꽃이 꽃병에 어지럽게 꽂혀 있는 것을 자주 볼 수 있다.

 차의 장인들은 꽃꽂이한 꽃을 일본 가옥에서 가장 상좌라 할 수 있는 도코노마에 장식한다. 특별한 경우를 제외하고, 꽃 근처에는 감상에 방해가 될 수 있는 그 어떤 물건도 놓아두지 않는 것이 원칙으로, 꽃과 어울린다거나 하는 특별한 미적 이유가 없다면 한 점의 그림조차도 걸어두지 않는다. 꽃은 마치 왕좌에 앉아 있는 군주처럼 자리하고 있으며, 그 방에 들어선 손님이나 제자들은 주인에게 인사하기 전에 먼저 그 꽃에 허리 숙여 정중하게 예를 표해야 한다. 초보자들의 교육을 위해서 훌륭한 꽃꽂이 작품을 실어놓은 책들이 출판되고 있으며, 이러한 주제를 다룬 문헌들도 상당히 많다. 만일 꽃이 시들면 장인은 조심스럽게 그것을 강물에 띄워 보내거나 땅에 고이 묻어주기도 한다.

심지어 꽃을 추모하기 위한 기념비를 세우는 일도 있다고 한다.

꽃꽂이 예술은 15세기 차노유가 생겨난 시기에 함께 시작되었다. 전해지는 기록에 따르면, 처음으로 꽃꽂이를 시도한 사람은 초기의 불교도들이었다고 한다. 그들은 살아 있는 모든 것들에 대한 한없는 애정으로 비바람에 뽑히고 흩어진 꽃들을 모아 물그릇에 고이 담았다. 무로마치 막부의 8대 쇼군인 아시카가 요시마사와 같은 시대를 살았던 화가이자 비평가인 소아미는 초기 꽃꽂이 장인 중 한 명으로 잘 알려져 있다. 차의 장인인 슈코 역시 소아미의 제자 중 한 명이었고, 미술계에서 유명한 카노 가문처럼 꽃꽂이 분야에서 유명한 이케노보노 가문의 센노 역시 소아미의 제자였다.

16세기 후반, 리큐가 다도를 완성하면서 꽃꽂이도 많은 발전을 이루었는데, 리큐와 그의 제자들(오다 우라쿠사이, 후루다 오리베, 혼아미 코에츠, 코보리 엔슈, 카타기리 세키슈 등)은 꽃을 조합하는 새로운 방법을 연구하며 서로 경쟁하듯 꽃꽂이를 발전시켰다. 다인들이 꽃을 숭배했던 것은 단지 아름다움을 추구하기 위한 의식 중의

한 부분이었을 뿐, 그 자체를 종교와 같이 신성시했던 것은 아니었다는 사실을 기억해야 한다. 꽃꽂이도 다실 안에 있는 다른 예술작품들과 마찬가지로 다실 내의 전체적인 조화를 위해 사용되는 하나의 장식일 뿐이었다. 세키슈가 눈이 내리는 날에는 흰 매화꽃을 사용해서는 안 된다고 정한 것도 바로 이런 이유에서였다. 요란한 꽃들은 다실에서 가차 없이 추방되었으며, 장인의 손길로 만들어진 꽃꽂이라 할지라도 원래 정해진 자리에서 옮겨지면 그 의미를 잃어버리게 된다. 원래의 공간과 어우러지도록 세심하게 계획된 선과 비율이 어긋나버리기 때문이다.

꽃 자체를 위한 숭배는 17세기 중반 꽃꽂이 장인들이 등장하면서부터 시작되었다. 그러면서 꽃은 점차 다실로부터 독립되기 시작했고, 꽃병과 어울리는지 그렇지 않은지를 제외한 다른 법칙들은 사라졌다. 새로운 개념과 장식 방법들이 개발되었고 수많은 원칙과 유파들이 생겨났다. 19세기 중반의 한 문인의 말에 따르면, 당시에는 백 개가 넘는 다양한 꽃꽂이 유파가 난립해 있었다고 한다. 이 유파들은 크게 형식주의와 사실주의로 분

꽃에 관한 이야기는 해도 해도 끝이 없지만,
마지막으로 이야기 하나만 덧붙이고
끝내려고 한다. 16세기 일본에서 나팔꽃은
매우 보기 드물었다. 그런데 리큐는
자신의 정원을 온통 나팔꽃으로 채우고
정성을 다해 가꾸었다. 리큐의 나팔꽃에
관한 이야기는 히데요시의 귀에까지 전해지게
되었고, 히데요시가 꽃을 보고 싶다는 뜻을
전하자 리큐는 그를 자신의 집에 초대해
아침 차를 대접하겠다고 했다. 약속한 날이 되어
그의 집을 방문한 히데요시가 나팔꽃을 보기
위해 정원을 거닐었지만, 어디에서도 나팔꽃의
흔적은 찾아볼 수 없었다.

류할 수 있다. 이케노보노 가문이 이끄는 형식주의 유파는 카노의 전통주의를 계승해 고전적 이상주의를 추구했다. 이 유파의 장인들이 초기에 남긴 꽃꽂이 기록들을 살펴보면, 대체로 에도 시대의 화가 산세츠와 츠네노부의 꽃 그림을 재현한 것이었다. 이에 반해 자연주의 유파는 그 이름에서 알 수 있듯이 자연의 모습을 있는 그대로 표현하려 했으며, 미적인 조화를 잃지 않는 범위 내에서만 약간의 변화를 주었다. 그래서 우리는 자연주의 유파의 작품에서 에도 시대의 풍속화인 우키요에나 사생화인 시죠파와 유사한 분위기와 기운을 느낄 수 있다.

시간적인 여유가 있다면, 도쿠가와 시대의 장식과 그 기본 원리를 보여주는 이 시기의 많은 꽃꽂이 장인들이 양식화한 구성 방식과 세부적인 법칙에 대해 더 깊이 알아보는 것도 흥미로울 것이다. 거기에는 이끌어주는 원리(하늘), 따르는 원리(땅), 조화의 원리(사람)가 있으며, 이러한 원리를 구현하지 못하는 꽃꽂이는 아무런 의미가 없는 죽은 꽃에 불과하다고 여겼다. 또한 그 시대의 장인들은 '격식'과 '반(半)격식', '탈(脫)격식' 등 서로 다른

세 가지 형식으로 꽃을 다루는 방법을 이야기했다. 격식은 무도회장에 어울리는 옷처럼 기품있는 꽃, 반격식은 단정하면서도 우아한 오후의 드레스와 같은 꽃, 탈격식은 실내에서 입는 아름다운 잠옷과 같은 꽃을 의미한다고 말할 수 있다.

우리는 그러한 꽃의 장인들이 만든 작품보다는 다인들의 꽃꽂이에 더욱 감동하게 된다. 다인들의 꽃꽂이는 사물을 조화롭게 배치함으로써 만들어내는 예술로, 우리의 인생과 매우 닮아 있기 때문에 더욱 호소력 있게 다가오는 것이다. 나는 이러한 유파를 사실주의나 형식주의 등의 명칭보다 그냥 자연파라 부르고 싶다. 다인들은 꽃을 선택하는 것으로 자신의 임무가 끝났다고 생각하며, 그 외의 것들은 꽃들 스스로 이야기를 이어가도록 맡겨두었다. 어느 늦은 겨울날, 당신은 다실에서 야생 벚나무의 가느다란 가지들이 막 싹이 트기 시작한 동백꽃과 어우러져 있는 모습을 볼 수 있을 것이다. 여기에는 끝나가는 겨울을 붙잡고 싶은 아쉬움과 이제 막 시작되려는 봄을 기다리는 마음이 한데 섞여 있다. 또한 어느 무더운 여름날 오후, 다실의 서늘하고 그늘진 도코노마에서는 꽃병에 꽂혀 있는 한 송이의 백합을 발견할 수도 있다. 꽃잎에 맺혀 있는 이슬방울은 마치 인생의 어리석음을 비웃고 있는 것처럼 보이기도 한다.

꽃의 독주도 멋지지만, 그림이나 조각과 함께 어우러져 들려주는 협주곡은 사람들을 황홀경에 빠지게 만든다. 세키슈는 호수나 습지의 초목을 재현하기 위해, 낮고 평평한 물그릇에 수초를 담아두고, 벽에는 하늘을 나는 들오리가 그려진 소아미의 그림을 걸어두었다. 또 다른 차의 장인 죠하는 바닷가의 쓸쓸함과 아름다움을 노래한 시와 함께 어부의 오두막집 모양을 본뜬 청동 향로와 해변의 들꽃으로 다실을 장식했다. 이를 본 한 손님이 조화로운 작품에서 저물어가는 가을의 숨결이 느껴진다며 극찬했다는 사실이 기록되어 있다.

꽃에 관한 이야기는 해도 해도 끝이 없지만, 마지막으로 이야기 하나만 덧붙이고 끝내려고 한다. 16세기 일본에서 나팔꽃은 매우 보기 드물었다. 그런데 리큐는 자신의 정원을 온통 나팔꽃으로 채우고 정성을 다해 가꾸었다. 리큐의 나팔꽃에 관한 이야기는 히데요시의 귀에까지 전해지게 되었고, 히데요시가 꽃을 보고 싶다는 뜻을 전하자 리큐는 그를 자신의 집에 초대해 아침 차를 대접하겠다고 했다. 약속한 날이 되어 그의 집을 방문한 히데요시가 나팔꽃을 보기 위해 정원을 거닐었지만, 어디에서도 나팔꽃의 흔적은 찾아볼 수 없었다. 땅에는 이미 평평하게 고운 자갈과 모래가 뿌려져 있었다. 히데요시는 잔뜩 화가 난 상태로 다실에 들어섰다. 그런데 그곳에는 그의 기분을 완전히 누그러뜨릴 만한 놀라운 광경이 펼쳐져 있었다. 도코노마에 송대의 작품인 진귀한 청동 그릇이 놓여 있었고, 거기에는 온 정원에 가득했을 나팔꽃 중 가히 여왕이라 할 만한 나팔꽃 한 송이가 아름다운 자태를 뽐내고 있었다.

   지금까지 살펴본 예를 통해 우리는 사람들이 꽃을 바치는 이유와 의미에 대해 충분히 알 수 있었다. 아마도 꽃들 역시 그 의미를 충분히 이해해줄 것이다. 꽃들은 인간처럼 겁쟁이가 아니며 어떤 꽃들은 죽음을 영예롭게 여기기 때문이다. 불어오는 바람에 자신을 내맡긴 채 꽃비처럼 흩날리며 떨어지는 벚꽃처럼 말이다. 벚꽃의 명소인 요시노야마나 아라시야마에서 그 향기로운 꽃 사태를 경험해본 사람이라면 내 말을 이해할 수 있을 것이다. 꽃은 보석이 박힌 구름과도 같은 아름다운 모습으로 공중에 잠시 머물다가 이내 수정처럼 맑은 개울 위로 춤추듯 떨어져 내린다. 그러고는 까르르 웃는 물결에 몸을 맡긴 채 흘러가며 이렇게 말하는 듯하다.

봄이여, 안녕!
우리는 영원으로 흘러간다네.

지금까지 살펴본 예를 통해
우리는 사람들이
꽃을 바치는 이유와 의미에 대해
충분히 알 수 있었다.
아마도 꽃들 역시 그 의미를
충분히 이해해줄 것이다.
꽃들은 인간처럼 겁쟁이가 아니며
어떤 꽃들은 죽음을 영예롭게
여기기 때문이다.

제7장 차의 장인

종교에서는 미래가 우리 뒤에 있고, 예술에서는 현재가 영원이다. 차의 장인들은 예술작품으로부터 살아 숨 쉬는 생명력을 끌어낼 수 있는 사람만이 진정한 예술 감상이 가능하다고 생각했다. 그래서 그들은 다실 안에서 익힌 수준 높은 규범을 통해 자신의 일상을 가꾸고자 노력했다. 어떠한 상황에서도 마음의 평온함을 유지하고, 모든 대화는 주위의 조화를 깨뜨리지 않도록 했다. 그리고 옷매무새나 옷의 색깔, 몸가짐, 걸음걸이 등을 통해 자신의 예술적 개성을 표현하려 했다. 이러한 것들은 결코 가볍게 여겨서는 안 되는 문제인데, 자기 자신을 아름답게 가꾸기 전에는 아름다움에 다가갈 권리가 없다고 여겼기 때문이다. 따라서 다인들은 예술가 이상의 어떤 것, 즉 예술 그 자체가 되기 위해 노력했고, 그것이 바로 선이 추구하는 심미주의다. 우리가 알아보려는 마음만 있다면 완전함은 우리 주변 어디에나 존재한다. 리큐가 즐겨 인용했던 옛 시 한 편을 소개하려 한다.

꽃이 피기만을 기다리는 이에게

보여주고 싶구나

깊은 산 눈 속에서 피어나는

새싹의 봄기운을

실제로 다인들은 다방면으로 예술에 많은 공헌을 했다. 그들은 고전 건축과 실내 장식에 완전한 혁신을 일으켰고, 제4장에서 이미 설명한 바와 같이 이를 통해 새로운 건축 양식을 확립했다. 특히 이 새로운 양식은 16세기 이후에 세워진 궁궐과 사

자기 자신을 아름답게 가꾸기 전에는
아름다움에 다가갈 권리가 없다.

찰에도 큰 영향을 미쳤다. 다재다능한 인물이었던 코보리 엔슈는 자신의 천재성을 드러내는 많은 건축물을 남겼는데, 카츠라의 이궁*, 나고야의 니죠성, 코호안** 등이 바로 그 예다. 일본의 유명한 정원은 모두 다인들이 설계한 것이며, 도자기도 마찬가지다. 만약 다인들의 영감이 없었다면 그토록 우수한 품질이 탄생하지 못했을 것이다. 다례에 사용되는 다기를 제조하기 위해 도공들 역시 독창적이고 새로운 방식을 끊임없이 연구하고 시도했다.

최고의 도자기를 굽기 위해 가마를 일곱 개 사용한 엔슈의 이야기는 일본 도자기 연구자들에게 잘 알려져 있다. 일본의 직물 역시 그 색깔이나 무늬를 고안해낸 다인의 이름을 붙인 경우가 많았다. 다인들이 그들의 천재성을 발휘하지 않은 예술 분야를 찾기란 사실상 불가능할 정도이며, 특히 회화와 칠공예 분

---

* 카츠라(桂)의 이궁(離宮): 교토의 카츠라마치(桂町)에 있는 왕의 별궁.

** 코호안(孤篷庵): 교토 다이토쿠지(大德寺)의 분원으로, 일본 국보 26호로 지정된 조선의 막사발 이도다완(井戶茶碗)이 보관되어 있다.

야에 있어서 그들이 남긴 수많은 공헌은 언급할 필요조차 없다. 가장 위대한 회화 유파 중 하나는 그 기원을 찾아가보면 다인인 혼아미 코에츠와 만나게 되는데, 혼아미는 칠공예와 도예의 장인으로도 명성이 높았다. 그의 작품과 비교하면, 그의 손자인 코호 또는 조카의 아들인 코린과 켄잔의 뛰어난 작품도 빛을 잃고 만다. 코린 유파의 예술가들은 대체로 다도의 이상을 작품에 표현하려 했으며, 넓게는 자연 그 자체의 생동감을 담아내고자 했다.

  차의 장인들이 예술계에 끼친 영향력이 대단하기는 하지만, 사람들이 살아가는 삶의 방식 전반에 끼친 영향에 비하면 아무것도 아닐지 모른다. 귀족 사회의 예법에서부터 평범한 가정의 사소한 일상 행위에 이르기까지 삶의 곳곳에서 차의 장인들의 존재를 느낄 수 있다. 음식을 대접하는 방식뿐만 아니라 맛있는 음식의 조리법에 이르기까지 수많은 것들이 다인들의 가르침에서 배운 것들이다. 그들은 수수한 색의 옷을 입을 것과 꽃을 대할 때의 올바른 마음가짐에 대해서 가르쳐주었다. 그들은 우리가 태어나면서부터 소박한 것을 좋아했다는 사실을 잊지 말라고 강조했고, 겸손의 아름다움을 보여주었다. 사실상 이들의 가르침을 통해 차가 사람들의 삶 속 깊이 파고들게 된 것이다.

우리의 삶은 어리석음과 고난으로 넘쳐나는 거친 바다와도 같다. 험난한 인생이라는 바다에서 길을 찾지 못한 사람들은 헛된 행복과 만족을 얻기 위해 발버둥을 치지만 끊임없이 밀려드는 비참한 상황에 절망할 뿐이다. 마음의 평안을 유지하려 노력해도 오히려 흔들리기만 하고, 수평선 너머로 드리워진 구름을 보며 폭풍을 예감할 뿐이다. 하지만 우리는 알아야 한다. 끝없이 밀려드는 거대한 파도 속에 기쁨과 아름다움이 숨겨져 있다는 사실을 말이다. 사람들은 왜 그 파도 속으로 뛰어 들어가지 않는 것일까? 어째서 열자처럼 태풍에 올라타려 하지 않는 것일까?

아름다움과 벗하며 살아간 사람만이 아름답게 죽을 수 있다. 위대한 다인들의 마지막 순간은 그들이 생전에 살아온 모습처럼 우아함과 고상함으로 가득했다. 그들은 항상 우주의 거대한 흐

그들은 우리가 태어나면서부터
소박한 것을 좋아했다는 사실을
잊지 말라고 강조했고,
겸손의 아름다움을 보여주었다.
사실상 이들의 가르침을 통해
차가 사람들의 삶 속 깊이
파고들게 된 것이다.

아름다움과 벗하며 살아간 사람만이
아름답게 죽을 수 있다.

름과 조화를 이루려 노력했고, 언제든지 죽음이라는 미지의 세계로 떠날 준비가 되어있었다. 특히, 리큐의 생애 '마지막 차'는 장엄한 비극의 극치로서 사람들의 마음속에 영원히 남아있다.

리큐와 히데요시는 오랫동안 친분을 쌓아왔고, 무사인 히데요시는 차의 대가인 리큐에게 극진한 존경과 애정을 표했다. 하지만 폭군의 우정이란 매우 위험한 명예가 되는 경우가 있다. 그 시대는 배신이 난무했고, 가까운 친인척조차도 믿어서는 안 된다는 불신감이 사람들의 사고방식 속에 깊이 자리 잡고 있었다. 그러나 리큐는 그러한 사회적 분위기 속에서도 다른 비굴한 아첨꾼들과는 달리, 자신의 위험한 후원자인 히데요시와 종종 논쟁을 벌이며 다른 의견을 피력하기도 했다. 그러던 차에 리큐와 히데요시의 사이가 잠시 냉담해진 틈을 타서 그의 정적들이 리큐가 독재자를 독살하려는 음모를 꾸민다며 거짓을 밀고했다. 다인인 리큐가 초록색 차에 독을 타서 군주를 암살하려 한다는 말이 히데요시의 귀에 들어갔다. 그러한 혐의만으로도 즉시 처형될 만한 충분한 이유가 되었고, 그 누구도 성난 독재자의 뜻에 따르지 않을 수 없었다. 이제 사형수에게 남은 단 하나의 특권은 스스로 목숨을 끊을 수 있는 영예뿐이었다.

　스스로 죽기를 결심한 날, 리큐는 가장 아끼는 제자들을 불러 다회를 열었다. 정해진 시간이 되자 슬픔에 잠긴 손님들이 대기실인 마치아이로 하나둘 모이기 시작했다. 그러자 정원의 나무들이 전율하듯 몸을 떨며 울었고, 바람에 흔들리는 나뭇잎 소리는 마치 길을 잃고 떠도는 망령들의 속삭임 같았으며, 잿빛 석등은 지옥의 문을 지키는 문지기처럼 그저 말없이 서 있었다.

　진귀한 향내가 다실을 가득 채우자 손님들에게 입장해도 좋다는 전갈이 들어온다. 한 사람씩 나아가 각자 자리에 앉는다. 도코노마에 걸린 족자에는 덧없는 세상사를 노래하는 고승의 시 한 수가 놀라운 필치로 쓰여 있다. 화로 위에서 끓고 있는 탕관에서는 저무는 여름을 애통해하는 매미의 울음과도 같은 탄식이 새어 나온다. 이윽고 주인이 입장해 손님 모두에게 차를 대접한다. 손님들이 차례로 차를 대접받고 잔을 비운 뒤, 마지막으로 주인이 잔을 비운다. 정해진 예법에 따라 주빈이 다기를

보여달라고 청하자, 리큐는 그들 앞에 족자를 비롯해 각종 물건을 내어놓는다. 모두가 그 물건들의 아름다움에 경탄하자, 리큐는 손님들에게 하나씩 유품으로 선물한다. 하지만 리큐 자신이 마신 찻잔만은 아무에게도 주지 않고 이렇게 말했다.

"불행한 사람의 입술로 더럽혀진 이 잔은 두 번 다시 다른 사람이 사용해서는 안 된다."

그러고는 찻잔을 산산이 조각냈다.

다회는 끝이 났다. 손님들은 애써 눈물을 참으며 마지막 인사를 하고 다실을 나섰다. 오직 단 한 사람, 가장 가깝고 친밀한 한 사람만은 그 자리에 남아 마지막을 지켜봐달라는 요청을 받았다. 리큐는 다회에 입었던 옷을 벗어 조심스럽게 다다미 바닥에 개어 놓았다. 그러자 이제까지 숨겨져 있던 새하얀 수의가 모습을 드러냈다. 단도의 서늘하게 빛나는 칼날을 무심히 응시하던 리큐는 피를 토하듯 시 한 수로 작별을 고했다.

칠십 인생

오라, 그대

영원의 칼이여!

부처를 죽이고

달마를 죽였듯이

이제 그대의 삶을 베는구나

얼굴에 엷은 미소를 띤 후 리큐는 죽음이라는 미지의 세계로 떠났다.

촬영 메모

오오카와 야스히로

기척 시리즈의 세 번째 책으로, 친애하는 나의 벗 타니무라 타이무 씨와 함께 오카쿠라 텐신의 『차의 책』을 출판할 수 있게 되어 매우 행복합니다. '아시아는 하나'라고 주장한 오카쿠라는 노장사상, 도교, 선, 중국 다도의 전통 등이 일본 다도에 모두 반영되어 있다고 말합니다. 이러한 사상을 바탕으로 다기, 다실, 정원, 그림, 문학, 꽃, 예술론 등을 통해 아름다움과 인생에 관해 이야기합니다. 저는 촬영 때문에 아주 오래전부터 다회에 참석했지만, 지금까지 다도에 관해 제대로 배워본 적은 없었습니다. 영원의 문 앞에 서 있는 애송이나 마찬가지입니다. 이 책을 출판하기 위해 현장에서 백 장이 넘는 사진을 찍었는데, 여러 출판사와 촬영을 허락해주신 많은 분께 진심으로 감사의 말씀을 드리고 싶습니다. 또한 파이 인터내셔널의 미요시 신고 씨, 모로쿠마 히로아키 씨, 디자이너 오오미 키시코 씨께도 감사의 마음을 전합니다. 음예와 기척에 젖어 있던 지난 몇 년, 마지막으로 스위스 제네바에서 몽트뢰로 향하는 열차 안에서 내려다본 반짝이는 레만호의 사진을 선물로 보냅니다.

촬영지·촬영 협력

※ 출처가 명기되지 않은 사진도 있음.

도예가 나가오카 슈미에몬 11대 (시마네현 마쓰에시) 16

니시야마 별관 (히로시마현 오노미치시) 36

나카야마 후쿠타로의 다회 (교토부 교토시) 40 42 43 152 153 154 155 163 235

경산 만수선사 (중국 절강성 항주시) 50 52~55 58 62 63 72 76 77 78 80~85 97

도예가 가네시케 유호, 다실: 유안 (오카야마현 비젠시) 135

겐닌사 다실: 수월안 (교토부 교토시) 140

네즈 미술관 (도쿄도 미나토구) 142

금박공예가 사요코 에리 (교토부 교토시) 156

와룡산장 (에히메현 오즈시) 177

도예가 반우라 시로 (교토부 교토시) 201

다와라야 여관 (교토부 교토시) 212 252

서예가 가와베 리에코 (도쿄도 미나토구) 242

조각가 (꽃) 스다 요시히로 (도쿄도) 242

저자

오카쿠라 텐신

1862~1913, 본명은 오카쿠라 가쿠조다. 에치젠 후쿠이한의 사무라이 집안의 차남으로, 요코하마에서 태어난 그는 미술계의 선구적인 지도자였다. 10세 무렵부터 한자와 영어를 익혔고 도쿄대에 진학한 이후에는 정치학과 경제학을 전공했으며, 당시 도쿄대학교에 초청된 미술연구가 에른스트 페놀로사와 교류했다. 문부성에 들어간 이후에는 페놀로사 등과 함께 쇠퇴하고 있던 일본 문화의 재흥을 도모하며 미술계의 쇄신을 위해 노력했다. 유럽의 미술을 공부한 후, 도쿄미술학교(현 도쿄예술대학교)를 창립하고 교장을 역임해 훌륭한 예술가들을 많이 배출했다. 이후, 요코하마 다이칸, 시모무라 세키야마 등 문하생을 육성하고 일본미술원을 창립하는 등 일본미술의 근대화와 국제화를 도모했다. 보스턴 미술관 동양부 부장으로 재임하며 여러 저서를 통해 동양 문화의 우수성을 세계에 널리 알렸다. 저서(영문)로는 『동양의 이상』, 『日本の目覚め』, 『차의 책』 등이 있다.

사진

오오카와 야스히로

1944년 치바현 마츠도시 출생으로, 1969년 사진가 타카하시 카츠로에게 사사했다. 1979년 오오카와 사진사무소를 설립했고, 이후 프리랜서 사진작가로서 광고 사진과 여성지를 중심으로 잡지 매체에서 활약했다. 일본광고사진협회(APA) 회원이다. 관련 잡지 매체는 〈婦人画報〉, 〈美しいキモノ〉, 〈ヴァンサンカン〉, 〈和樂〉, 〈サライ〉, 〈陶磁郎〉, 〈ノジュール〉 외 다수다. 저서로는 『藤本能道の色絵』, 『京都 美の気配』, 『水風景』, 『やきものの里めぐり』, 『幸之助と伝統工芸』, 『加藤唐九郎志野』, 『陰翳礼讃』 등이 있다.

역자

박선정

중앙대학교에서 일어일문학을 전공했다. 글밥 아카데미 일본어 출판번역 과정을 수료한 후, 현재 바른번역 소속 번역가이자 외서기획자로 활동하고 있다. 저자의 목소리에 귀를 기울이고 독자의 마음을 헤아릴 줄 아는 번역가가 되기 위해 노력 중이다. 옮긴 책으로는 『혈류가 젊음과 수명을 결정한다』, 『가장 쉬운 고양이 자수』, 『저탄수화물 다이어트 레시피 145』 등이 있다.